VERLAG FÜR KURZES

www.verlag-für-kurzes.de

1. Auflage 2011
VERLAG FÜR KURZES, Berlin
Umschlaggestaltung: Harry Wagner
Druck: Niederland, Frankfurt
ISBN 978-3-942794-02-2

Carsten Benecke

Ein leeres Haus

1.

Bevor ich beginne, Ihnen meine Geschichte zu erzählen, möchte ich etwas klarstellen. Ich schreibe dies nicht, um Sie vom Wahrheitsgehalt meiner Geschichte zu überzeugen. Das Ziel meiner Erzählung ist vielmehr, die Erlebnisse jener Tage aus meiner Sicht so zu schildern, dass jemand, der mir persönlich verbunden ist – vielleicht eine Ehefrau oder gar Kinder, sollte ich welche haben –, meine Entscheidung, wenn nicht gutheißen, so aber doch verstehen kann. Ich bin nicht verantwortungslos. Ich weiß nur einfach nicht, ob es überhaupt jemanden gibt, für den ich mich verantwortlich fühlen sollte. Mir ist jede Vorstellung davon, was wirklich existiert, abhanden gekommen, und das Einzige, was ich mir wünsche, ist, dass der Tod endgültig ist.

2.

Ich hatte mir für eine Woche ein Haus in der Nähe von Hasslach gemietet. Ich kam in einem recht desolaten Zustand dort an. Die womöglich anstrengendste Zeit meines Lebens lag hinter mir. Die Verhandlungen mit mehreren Zulieferbetrieben hatten sich ungewöhnlich schwierig gestaltet. Die Kosten, die sie an uns hatten weitergeben wollen, drohten unseren Rahmen völlig zu sprengen.

Im Laufe dieser insgesamt vier oder fünf Wochen telefonierte ich mit meiner Frau täglich. Gesehen haben wir uns in dieser ganzen Zeit vielleicht drei Mal. Und bei einer jener Gelegenheiten, bei der sie erleben musste, wie ich mich so unruhig auf meiner Matratze hin und her wälzte, dass sie selbst kaum ein Auge zutun konnte, sprach sie mich auf meine Verfassung, meine Arbeitssucht, ja meine ganze Lebenseinstellung an. Wir hatten solche Gespräche schon häufiger geführt. Es waren nie aufgeregte oder gar laute Diskussionen gewesen. Dazu respektierte sie meine Freiheit viel zu sehr. Eher waren es Ermahnungen gewesen, Denkanstöße, die allerdings auf mich nie einen besonderen Eindruck gemacht hatten, so dass sie stets in einer allgemeinen Zustimmung endeten, sowie mit einem sehr unkonkreten Versprechen, mich zu bessern. An jenem Morgen, der dieser unruhigen Nacht gefolgt war, gab sich Lydia mit solchen Beteuerungen nicht mehr zufrieden. Aus einem Katalog hatte sie mir eben jenes Haus im Schwarzwald herausgesucht, das ich auf ihr Drängen schließlich für zwei Wochen anmietete. Ich machte nur selten Urlaub, und wenn, fuhr ich zusammen mit meiner Frau zum Skifahren, zum Tauchen oder zum Fallschirmspringen. Ich war nie jemand gewesen, der rumsitzen konnte. Diesmal hatte mich meine Frau in einem unbedachten Moment dazu überreden können, mich der Ruhe eines einsamen und abgelegenen Hauses auszusetzen. Sie selbst drehte zu diesem Zeitpunkt eine Fernsehserie, die sie ganz vereinnahmte, versprach mir aber, mich wenigstens für ein oder zwei Tage zu besuchen.

Auch die folgenden Tage waren arbeitsreich und anstrengend. Wenn ich aber einmal in Ruhe eine Tasse Kaffee trank und mir ausnahmsweise niemand Vorschläge für Vertragsänderungen unterbreitete, niemand anrief, um mir die Termine für die nächsten Verhandlungsrunden durchzugeben oder Hiobsbotschaften von anderen Verhandlungsorten mitzuteilen, dachte ich an dieses Haus im Schwarzwald mit seinem Reetdach, den leuchtend weißen Wänden, der Veranda und den umliegenden Nadelwäldern. Diese Gedanken waren stets von einem Gefühl des Unbehagens begleitet, und es dauerte nie lange, bis ich zum Telefon griff, um nun meinerseits Termine zu bestätigen oder mir Unterlagen schicken zu lassen. Als sich die Verhandlungen schließlich dem Ende näherten, hatte sich meine Einstellung bereits erheblich geändert. Schon anhand dieser Tatsache lässt sich erkennen, wie erschöpft ich zu jenem Zeitpunkt gewesen sein muss. In einer Verhandlungsrunde, es muss kurz vor Mitternacht gewesen sein und einer meiner Gesprächspartner hatte sich in einen nicht enden wollenden Monolog verstiegen, tauchte wieder dieses Haus vor meinem geistigen Auge auf. Und ich spürte nur noch Sehnsucht.

Ich stellte mir vor, wie ich auf der Couch lag, ein Buch las oder ein Klavierkonzert hörte, wie ich durch den Wald spazierte und dem Vogelgezwitscher lauschte und wie ich mir in der Küche eine Köstlichkeit zum Abendessen zubereitete.

Ich hatte Mühe, mich von diesen Bildern wieder zu lösen und meinem Gesprächspartner in seinen Ausführungen zu folgen.

Es dauerte noch zwei Tage, bis die Verträge unterschrieben waren. Als ich nach der letzten Unterschrift in mein Hotelzimmer zurückkehrte, hätte ich vor Erschöpfung weinen können. Ich nahm eine Dusche, telefonierte mit meiner Frau und packte in aller Ruhe meine Tasche. An der Rezeption gab ich mein Handy ab, mit der Bitte, es per Post an meine Frau zu schicken. Dann setzte ich mich ins Auto. Ich fuhr nie schneller als 80 km/h und auf der ganzen Fahrt, die sich über knapp 500 Kilometer erstreckte, machte ich zwei Kaffeepausen. Das Haus schien einen

Zauber auf mich auszuüben, allein weil ich mich darauf zubewegte. Ich entspannte mich mit jeder Minute mehr. Vielleicht war es auch die Gewissheit, dass ich nirgends erwartet wurde, dass ich keine Pflicht zu erfüllen, keine Aufgaben zu lösen hatte und ich zu keinem bestimmten Zeitpunkt an meinem Ziel ankommen musste, die mich derart ruhig werden ließ. Als ich die Hügel hinauffuhr, überzogen die Bäume die Straßen bereits mit langen Schatten.

Kurz bevor ich laut meines Navigationssystems an meinem Zielort ankommen sollte, machte ich Halt an einem kleinen Bach, setzte mich auf einen Stein und hörte dem Wasser zu, wie es gemütlich, mit nur einem Hauch von Aufregung, an mir vorbeiplätscherte. Plötzlich fiel mir ein, dass ich vergessen hatte einzukaufen. Ärger stieg in mir auf. Ich hatte noch nicht einmal etwas zu trinken dabei. Sicher war das Leitungswasser genießbar. Aber vielleicht wollte ich am Abend ja einen Tee trinken oder einen Wein. Wieder sah ich mich mit einem Buch auf der Couch liegen, doch diesmal standen zu meiner Linken ein Weinglas und eine Schüssel mit Kartoffelchips. Daraus würde nun nichts werden. Für einen Moment begann mein Herz zu rasen. Zum ersten Mal war ich bereit gewesen, mir Ruhe zu gönnen, mich wirklich zu entspannen, und durch meine Zerstreutheit hatte ich mir schon den Anfang dieser erholsamen Tage gründlich verdorben. Wieder war mir zum Heulen zumute. Doch diese Lappalie konnte mich ja nur auf Grund meiner angegriffenen Nerven zu so intensiven emotionalen Regungen bewegen. Als ich dies begriff, kam ich wieder zur Ruhe. Ich würde bis zum nächsten Tag sehr gut ohne Lebensmittel auskommen. Ich war stets um meine Figur bemüht, besuchte zweimal in der Woche das Fitnesscenter und war am Wochenende oft mit dem Rad unterwegs. Dennoch hatte das solide Leben, welches ich in den letzten Jahren führte, meinem Körper seinen Stempel aufgedrückt. Ich würde bis zum nächsten Morgen nicht verhungern. Mit einem Lächeln auf den Lippen stieg ich wieder in den Wagen.

Nach wenigen Metern bog ich in einen kleinen Waldweg ein, der in Serpentinen einen Hügel hinauf führte. Ich fuhr nur noch Schritttempo, der Weg war uneben und übersät mit Schlaglöchern. Er endete vor einer hoch bewachsenen Wiese, die von einer Seite durch den Nadelwald, auf der anderen durch den ebenfalls mit Bäumen bewachsenen Abhang begrenzt war. In einer Entfernung von vielleicht fünfzig Metern konnte man das Haus sehen, mit dem Reetdach, der Veranda und den leuchtend weißen Wänden.

3.

Der Rasen wies keinerlei Fahrzeugspuren auf und so wagte ich es nicht, die letzten Meter mit dem Wagen zurückzulegen. Ich stieg aus und spazierte, mit meiner Tasche unter dem Arm, über die Wiese. Zwei steinerne Treppenstufen führten auf die Veranda, die umzäunt war von einem mit Efeu bewachsenen Holzgeländer. Kurz bevor ich die Tür erreichte, fiel mir ein, dass ich vergessen hatte, mir einen Schlüssel zu diesem Gebäude zu besorgen. Wieder stieg Ärger in mir auf, doch im selben Moment, als mir klar geworden war, dass ich das Haus gar nicht würde betreten können, öffnete sich die Tür und ein älterer Herr mit Halbglatze und Bierbauch begrüßte mich überschwänglich.

Die Haut seiner Hände war rau, der Händedruck herzlich. Er habe mich schon erwartet, teilte er mir mit, lachte und bat mich herein. Ich folgte ihm, und er führte mich durchs Haus.

Er fragte mich wohl nach dem Verkehr auf der Autobahn und ließ ein paar Gemeinplätze über das Wetter hören. Ich kann mich daran allerdings nicht im Detail erinnern, da ich die ganze Zeit darüber nachdachte, wie mich dieser Mann hatte erwarten können. Die Verhandlungen waren mit offenem Ausgang geführt worden. Ich hätte genauso gut einen Tag später oder früher in Hasslach auftauchen können. Meine Frau musste ihm Bescheid gesagt haben. Anders konnte es ja nicht sein, denn ich hatte nicht mit ihm gesprochen, und der gute Mann hatte sicher noch andere Dinge zu tun, als darauf zu warten, dass ich endlich in das Haus einzog, für das ich nun bereits seit drei Tagen die Miete bezahlte. Aber Lydia hatte darüber am Telefon kein Wort verloren. Ich meinte sogar, sie hätte mich instruiert, mich beim Vermieter zu melden, egal zu welcher Tages- oder Nachtzeit, um dort den Schlüssel in Empfang zu nehmen. Nun war ich also nicht zu meinem Vermieter nach Hasslach gefahren, sondern direkt zu meinem Feriendomizil. Darüber dachte ich noch nach, als mich der Alte durch die Räume führte, mir Sauna und Warmwasser erklärte und Fernseher, Videorekorder sowie die Satellitenschüssel zeigte. In der Küche öffnete er einen Vorratsschrank. Darin standen zwei Flaschen Wein, eine Tüte Chips, zwei Konservendosen mit Gemüse und ein Brot. Im Kühlschrank ein Liter Milch, ein Stück Butter sowie ein Glas Marmelade. Beim Abschied schüttelte ich ihm dankbar die Hand. Ich machte die Tür hinter ihm zu und kehrte in die Küche zurück, wo ich mir als Erstes einen Kaffee zubereitete. Ich hatte mir zwar fest vorgenommen, nach diesen aufreibenden Tagen eine Woche lang ohne Koffein auszukommen, doch an diesem Abend empfand ich ein geradezu brennendes Verlangen danach. Während ich Wasser in die Maschine füllte, hörte ich, wie mein Vermieter den Motor anließ und davon fuhr.

Nachdem ich den Kaffee aufgesetzt hatte, ging ich ins Wohnzimmer und schaltete den Fernseher an. Ich hatte nicht vor, mich die nächsten Tage von diesem Apparat einlullen zu lassen. Es war ähnlich wie mit dem Kaffee. Irgendwie hatte ich das Gefühl, ich sei, nach all der Aufregung und Anstrengung, noch nicht bereit für wirkliche Ruhe und Entspannung. Und ich wollte ja auch aus meinem Urlaub nicht einen weiteren Kraftakt machen. Wenn ich also das Bedürfnis nach Fernsehen und Kaffee verspürte, würde ich gegen diese Wünsche nicht ankämpfen. Während die Nachrichtensprecherin die gesammelten Katastrophen eines Erdentages vortrug, kehrte ich in die Küche zurück, wo die Kaffeemaschine gurgelnd kundtat, dass inzwischen das gesamte Wasser durch den Filter gelaufen war. In diesem Moment erinnerte ich mich an die Geräusche des sich vom Haus entfernenden Wagens meines Vermieters. Es hatte geklungen, als wäre der Motor unmittelbar vor dem Haus angelassen worden. Aber dort hatte ich kein Auto stehen sehen und auf der Wiese hatte ich keinerlei Reifenspuren erkennen können. Wahrscheinlich, so sagte ich mir, musste es noch einen zweiten Weg hier hinauf geben, so dass es gar nicht nötig war, über die Wiese zu fahren, um direkt bis zum Haus zu gelangen. Und mein Vermieter hatte seinen Wagen vermutlich hinter dem Haus abgestellt. Doch warum hatte er mir nichts über diese Möglichkeit gesagt? Er hatte mich doch über die Wiese kommen sehen. Oder hatte er es erwähnt, zusammen mit seinen Auslassungen über Verkehr und Wetter? Ich wollte in diesem Punkt Gewissheit und ging noch einmal nach draußen. Es herrschte inzwischen fast völlige Dunkelheit und die Stille machte mir Angst. Ich ging ums Haus. Auch hinter dem Haus war dichter Wald. Es gab keinen zweiten Weg hierher, der breit genug gewesen wäre, von einem Auto befahren zu werden. Das stand ohne Zweifel fest. Und da mein Vermieter sich ja mit dem Wagen entfernt hatte, musste ich bei meiner Ankunft die Spuren seines Fahrzeuges auf der Wiese übersehen haben. Und der Wagen selbst? Ich versuchte mir noch einmal das Bild von Haus und Wiese in Erinnerung zu rufen. Das Auto musste neben dem Haus gestanden haben, schräg vor der Veranda. Ich versuchte mich davon zu überzeugen, doch es wollte mir nicht gelingen. Mir wurde unheimlich. Ich ging zurück zur Eingangstür und sah noch einmal hinaus in den Wald. Ich überlegte kurz, ob dieser Urlaub für mich vielleicht einen zu radikalen Programmwechsel bedeutete, überzeugte mich aber vom Gegenteil. Diese Ruhe ist, was ich jetzt brauche. Ich blieb noch einen Moment stehen und blickte hinaus in die Dunkelheit. Dann kehrte ich ins Haus zurück.

4.

Ich setzte mich mit einer Schüssel voll Kartoffelchips und dem Kaffee vor den Fernseher und schaltete durch die Programme. Fünf Minuten blieb ich bei einer Sportübertragung, dann verweilte ich bis zur nächsten Werbeunterbrechung bei einer Quizshow und landete schließlich bei einer Dokumentation über Erdbebenvorhersage. Ich erfuhr nichts Neues, doch die Berichte, die eingestreut wurden und die Zerstörung zeigten, welche diese Naturgewalt anrichtete, faszinierten mich. Ebenso die Forscher, die mit Unmengen von Daten versuchten, die eine Theorie zu beweisen oder eine andere zu widerlegen.

Der Bildausfall geschah kurz vor Ende dieser Dokumentation. Der Sprecher hob gerade zu einer sehr emotionalen Zusammenfassung an, als für wenige Augenblicke ein Knistern zu hören war, während das Bild immer unschärfer wurde und schließlich ganz verschwand.

Der Ausfall betraf alle Programme. Ich hatte davon gehört, dass Satellitenanlagen bei schlechter Witterung ausfielen. Doch davon konnte an diesem Tag ja gar nicht die Rede sein. Ich machte noch einige halbherzige Versuche, den Fernseher mit der Fernbedienung wiederzubeleben, jedoch vergeblich. Ich fühlte die Anstrengungen der vergangenen Tage in meinen Knochen. Heute wünschte ich mir, ich hätte damals auf meinen Körper gehört und mich ins Schlafzimmer im Obergeschoss begeben. Wäre ich ins Bett gegangen, ich wäre vermutlich innerhalb weniger Sekunden in tiefen Schlaf gefallen. Doch ich empfand eine solche Unruhe und die Vorstellung, im Bett zu liegen, löste in mir Beklemmungen aus.

Ich sah mich im Zimmer um, öffnete die Schränke, die mit Schüsseln, Gläsern oder Gesellschaftsspielen vollgestellt waren. In den Regalen standen Bücher. Ich überflog die Titel: Die Blechtrommel, der Steppenwolf, die Brüder Karamasow, Schuld und Sühne. Eine leichtere Kost, die ich mir für meine Zerstreuung gewünscht hätte, war hingegen nicht zu finden. Als ich die letzten Buchtitel gesichtet hatte, stieg wieder diese Wut in mir auf, eine Art Verzweiflung darüber, dass mir die Entspannung, die ich so dringend brauchte, versagt bleiben würde, weil ich meinem Verstand nichts bieten konnte, um zur Ruhe zu kommen. Doch bevor ich mich von dem Buchregal abwendete, fiel mein Blick auf drei Videohüllen, die halb versteckt hinter einem Stapel Bücher lagen. Mich durchlief eine heimliche Erregung. Halb erwartete ich, dass es sich bei diesen Bändern um pornographische Filme handeln würde. Warum sonst sollten diese Kassetten hinter den Büchern versteckt sein. Der Aufschrift nach waren es allerdings gewöhnliche Hollywoodproduktionen, noch dazu keine, die mich besonders interessierten. Doch nachdem ich schon befürchtet hatte, meinem Verstand überhaupt keine Ablenkung bieten zu können, keine Bilder, an denen er abrutschen und zur Ruhe kommen konnte, empfand ich nun eine gewisse Erleichterung.

Ich entschied mich für ein amerikanisches Heldenepos. Ich öffnete die Flasche Wein und stellte sie neben den Sessel. Die Chips hatte ich bereits aufgegessen und so schmierte ich mir zwei Marmeladenbrote. Die stellte ich neben mich auf den Couchtisch, setzte mich auf den Sessel und streckte die Beine aus. So saß ich da mit meinen zwei Fernbedienungen und dem sicheren Gefühl, dass Urlaub und Entspannung in diesem Moment begannen.

5.

Als ich den Videorekorder anschaltete, flimmerte der Bildschirm einige Sekunden lang in dunklem Grau. Dann waren plötzlich einige amateurhaft aufgenommene Landschaftsbilder zu sehen, die mich an die Umgebung erinnerten, in der ich mich gerade aufhielt. Ich spulte ein wenig vor. Bäume waren zu erkennen, Bäche und Sträucher. Wenn wenigstens etwas zu hören gewesen wäre. Doch scheinbar war die Tonspur der Kassette beschädigt. Ich wollte den Rekorder schon ausschalten, als die Kamera mit einem Mal durch einen geschlossenen Raum fuhr und schließlich das Bild einer jungen Frau einfing. Sie war vielleicht zwanzig Jahre alt. Sie lachte, verzog das Gesicht zu Grimassen und flirtete, so schien es, mit dem Mann hinter der Kamera. Nur ihr Oberkörper war zu sehen. Sie trug ein weißes T-Shirt, unter dem sich ihre Brustwarzen leicht abzeichneten. Kurz über ihrem Haaransatz war eine Art Fensterbrett zu sehen. Viel mehr konnte ich nicht erkennen. Noch immer gab es zu den Bildern keinen Ton. Plötzlich schien sie eine Anweisung zu bekommen, denn sie band ihr Haar im Nacken zusammen und setzte sich aufrecht, leicht an die Wand hinter sich gelehnt. Jetzt drückte ihr Gesicht Unbehagen aus. Sie hielt den Kopf starr. Auch die Arme bewegte sie nicht mehr. Ich hatte den Eindruck, sie sei gefesselt worden, obwohl das völlig unmöglich war. Es war kein Schnitt zu erkennen gewesen und ich konnte nichts sehen, was sie daran hätte hindern sollen, sich zu bewegen.

Ihre Augen wurden zunehmend nervöser. Ich weiß nicht, warum ich das Band weiter laufen ließ. Ich hätte es an dieser Stelle ausmachen und ins Regal zurückstellen sollen. Es war nett gewesen, die junge Frau dabei zu beobachten, wie sie ihre Reize gegen den Kameramann ausspielte. Aber jetzt, da die Stimmung umgeschlagen und in ihren Augen vor allem Angst zu lesen war, empfand ich ein tiefes Unbehagen. Ich fühlte mich überrumpelt, bedrängt, hereingelegt. Doch musste ich einfach wissen, was es mit diesem Video auf sich hatte. Es war ein Amateurband, ohne jede Frage. Mit besonderen technischen Effekten konnte ich hier nicht rechnen. Ich sah mir das Werk eines kinematographischen Anfängers an. Und es fesselte mich. Ja, ich wollte wissen, wie er diese Spannung, die unversehens entstanden war, auflöste. Mein Atem ging flach und schnell.

Die junge Frau riss mit einem Mal die Augen auf. Es schien mir, als wolle sie den Kopf zur Seite drehen, werde aber von einem unsichtbaren Hindernis abgehalten. Sie musste in diesem Augenblick, als aus ihrer Angst nackte Panik wurde, entdeckt haben, was ich erst einige Minuten später zu Gesicht bekommen sollte. Die Tränen liefen ihr die Wangen herunter. Sie redete unaufhörlich, wurde aber immer öfter durch ihr eigenes Schluchzen unterbrochen. Noch immer war nichts zu hören, doch ihre Lippen bewegten sich nun fast ohne Unterlass. Für einen Moment nahm ich den Blick vom Bildschirm, um mich daran zu erinnern, dass es sich hier ja nur um einen Film handelte. Ich schüttelte den Kopf und lachte kurz auf, weiter darum bemüht, mich von dem unheimlichen Schauspiel zu distanzieren. Ich lehnte mich in meinen Sessel zurück. Am unteren Bildschirmrand tauchte jetzt eine kleine Spitze auf, die unerträglich langsam breiter wurde und dem Hals der jungen Frau näher und näher kam. Ich presste mich in den Sessel. Mein Atem raste. Ich bildete mir ein, ihre Schreie zu hören. Zunächst waren es nur einige Tropfen Blut, die ihren Hals herunter liefen. Sie hielt den Kopf jetzt ganz starr, weil jede zusätzliche Reibung an der Klinge sie noch mehr verletzt hätte.

Als die Klinge die Halsschlagader durchtrennte, spritzte das Blut in Richtung der Kamera. Ich wandte den Blick ab. Nach etwa einer halben Minute sah ich erneut zum Bildschirm. In den Augen der jungen Frau war kein Leben mehr zu erkennen, doch die Klinge war noch nicht zum Stillstand gekommen. Ihr Hals war jetzt sicher schon zur Hälfte durchtrennt. Der Kopf rutschte plötzlich nach vorne, fiel aber nicht ganz von ihren Schultern, war offenbar noch mit einigen Muskeln verbunden.

Ich schleppte mich erschöpft in die Küche.

Was hatte ich hier gesehen? War es ein Trick gewesen? Ich hatte davon gehört, dass Menschen anderen Menschen Schaden zufügen, sie foltern oder gar töten, allein um des Vergnügens willen. Und auch, dass es Menschen gibt, die solche Taten mit der Kamera filmen, zur Unterhaltung und Belustigung anderer. Doch ich hätte nicht für möglich gehalten, einen solchen Film jemals sehen zu müssen. Ich trank einen Schluck Wasser, doch hatte ich das Gefühl, meine Übelkeit damit nur zu verstärken. Mein Mund war völlig ausgetrocknet und das Wasser schmeckte nach Metall. Das Gesicht der jungen Frau konnte ich noch immer deutlich vor mir sehen.

Ich ging ins Badezimmer, in der Hoffnung, mein eilfertiger Vermieter habe das Haus auch mit einer kleinen Notfallapotheke ausgestattet. Im Spiegelschrank fand ich nur Heftpflaster, eine Wundsalbe und bereits abgelaufene Aspirintabletten. Ich überlegte, eine von diesen Tabletten zu nehmen, doch die Aussicht mir mit abgelaufenen Medikamenten auch noch den Magen zu verderben, hielt mich davon ab. Was hatte ich auch? Ich litt nicht unter Fieber oder Kopfschmerzen. Ich hätte in diesem Moment einfach gerne etwas für mich getan, das mir das Gefühl gab, meinem angegriffenen Zustand nicht hilflos ausgeliefert zu sein.

Ich beschloss, im Haus die Jalousien herunterzulassen und mich dann sofort ins Bett zu legen. Egal ob ich schlafen konnte oder nicht. Ich musste zur Ruhe kommen. Als ich das Badezimmer gerade verlassen wollte, fiel mein Blick auf ein Regalbrett, auf dem zwei Zahnputzbecher, ein kleines Fläschchen mit Haarshampoo sowie eines mit Duschgel standen. Das Brett war vorne leicht nach oben gewölbt und beschrieb einen Bogen in den Raum hinein. Ich erkannte es wieder. Doch auf dem Bildschirm hatte ich es für ein Fensterbrett gehalten.

6.

Ich rannte zurück ins Wohnzimmer. Ich musste mich vergewissern, dass mir meine Phantasie hier keinen Streich spielte. Ich hatte den Rekorder nicht abgeschaltet. Ich war, an dem Bild der Toten vorbei, hinaus gewankt. Jetzt war von ihr nichts mehr zu sehen. Es schienen die Aufzeichnungen einer Überwachungskamera über den Bildschirm zu flimmern. Die Kamera fuhr durch einen im Dunkeln liegenden Raum. Auch mit Hilfe der Infrarottechnik waren nur Schemen der verschiedenen Möbel zu sehen. Dann erkannte ich, um welchen Raum es sich handelte. Es war der Raum, in dem ich mich in diesem Augenblick befand. Ich starrte auf den Bildschirm. Dann schaute ich mich im Wohnzimmer um, konnte aber nirgends eine Kamera erkennen, wo man diese dem Video nach hätte vermuten können. Sie musste entweder in den Wänden versteckt sein oder sie war, im Anschluss an diese Aufnahmen, abmontiert worden. In diesem Fall waren jedenfalls alle Spuren beseitigt worden. Nirgends deutete ein Loch an den Wänden darauf hin, dass hier einmal etwas befestigt gewesen war.

Ich ging zum Tisch und holte mir die Fernbedienung des Videorekorders. Die Angelegenheit mit dem Fensterbrett musste ich aufklären, wollte ich in diesem Haus noch einmal Ruhe finden. Als ich mich wieder umdrehte und auf den Bildschirm blickte, lief gerade ein Mann mit Lederjacke und Motorradhelm durch den, noch immer ganz im Dunkeln liegenden, Raum. Er schob den Wohnzimmertisch zur Seite und öffnete eine Falltür. Er stieg die Stufen hinab, ließ die Luke aber hinter sich offen. Meine Reaktion auf diesen Anblick mag hysterisch anmuten, betrachtete ich doch Bilder auf einem Fernsehschirm, die mit meiner augenblicklichen Situation nichts zu tun hatten. Ja, selbst wenn diese merkwürdigen Aufnahmen hier gemacht worden waren, änderte dies doch nichts daran, dass ich alleine hier draußen war, und es völlig absurd war, anzunehmen, ähnliche Szenen könnten sich an eben diesem Abend wiederholen.

Ich schob den Wohnzimmertisch ein wenig zur Seite und suchte den Boden nach einer Luke ab, wie ich sie soeben auf dem Bildschirm gesehen hatte. Auch nach mehreren Minuten gründlichster Inspektion konnte ich kein Anzeichen für eine Tür im Boden finden. Ich war erleichtert. Ich schaute wieder auf den Bildschirm und verglich den Raum mit dem, in dem ich mich in diesem Moment aufhielt. Wirklich, die beiden Räume sahen einander sehr ähnlich. Aber nur anhand der Umrisse darauf zu schließen, dass es sich tatsächlich um denselben Raum handelte, war sicher übertrieben. Und mit der fehlenden Bodenluke hatte ich nun sogar einen Beweis. Ich lachte laut in den Raum hinein, halb ärgerlich über meine geistige Verwirrung, die mich tatsächlich ein Loch im Boden suchen ließ, das ich kurz zuvor auf einem Bildschirm gesehen hatte. Ein Geräusch am Fenster ließ mich zusammenfahren. Es klang ein wenig wie ein Kratzen oder Schaben an der Häuserwand. Ich lauschte. Wieder ein kratzendes Geräusch. Doch diesmal schien es, als ob dieses Geräusch an einem der Bäume erzeugt wurde. Wieder Stille. Es musste sich um ein Tier handeln. Und doch tauchten vor meinem geistigen Auge Gestalten auf, die, vielleicht mit Hunden an der Leine, ums Haus zogen. Ich versuchte mich zur Vernunft zu bringen. Wenn ich auf Grund so eines albernen Geräusches in Panik geriet, war das doch der erste Schritt zum Wahnsinn. Doch ich hatte keine Kraft mehr, mich gegen meine inneren Bilder zu wehren. Die Bilder von Fremden, die ins Haus eindringen wollten, verschwanden nicht mehr aus meinen Gedanken. Ich ging durch das Haus und ließ nun endlich, wie ich es zuvor bereits vorgehabt hatte, überall die Jalousien herunter.

Als ich ins Wohnzimmer zurückkehrte, war abermals ein anderes Bild auf dem Bildschirm zu sehen. Wieder ein Raum im Dunkeln. Die Umrisse eines Doppelbettes waren zu erkennen. Ich war gerade durch alle Räume gegangen, um die Rollläden herunter zu lassen, und jetzt musste ich gegen meinen Willen erkennen, dass dieser Raum auf dem Bildschirm zumindest Ähnlichkeit hatte mit dem Schlafzimmer, das sich in diesem Haus im zweiten Stock befand und in dem ich heute zu nächtigen gedachte.

In dem Bett lag eine Frau. Dies erkannte ich erst, als sie begann, sich unruhig hin- und herzuwälzen. Warum schaltete ich den verdammten Videorekorder nicht aus?

Ich sah Bilder, die mich ängstigten, wie ich es zuvor in meinem Leben nicht erlebt hatte, und doch blieb mein Blick immer weiter auf den Bildschirm geheftet. Ich wollte einfach verstehen, was da vor sich ging. Anders kann ich es mir nicht erklären. Ich konnte nicht begreifen, was die Ansammlung von geradezu gespenstischen Bildern auf dieser Kassette bedeuten sollte. Indem ich weiterguckte, ging ich das Risiko ein, Dinge zu Gesicht zu bekommen, die mich noch mehr verstörten. Vielleicht war dies auch der Grund, den Videorekorder nicht auszuschalten. Ich wollte Gewissheit über dieses merkwürdige Band bekommen. So viel Gewissheit wie möglich. Ich wollte nicht zu Bett gehen und meinen Einbildungen darüber, was für Bilder sich noch auf diesem Band befinden konnten, freien Lauf lassen. Ich musste es wissen, wollte ich meiner Phantasie den Nährboden entziehen.

Während die Frau sich auf die Seite rollte, kam von links wieder ein Mann mit einem Motorradhelm ins Bild und setzte sich zu der Schlafenden ans Bett. Er betrachtete sie eine Weile. Dann stand er auf und verließ auf der anderen Seite das Bild. Hier endlich endete das Video. Weiße und schwarze Pünktchen rieselten über den Bildschirm.

Ich ging wieder durch die Räume und schaltete überall das Licht an. Ich spürte eine drückende Müdigkeit. Doch noch immer nagte an mir die Frage, ob ich das Sideboard im Badezimmer wirklich wiedererkannt hatte. Ich spulte die Videokassette zurück. Ich musste ja nur den Anfang noch einmal abspielen, um zu sehen, was ich zunächst für ein Fensterbrett gehalten hatte. Ich würde den Rekorder anhalten, sobald ich wusste, ob dieser grauenvolle erste Teil des Bandes wirklich hier, in diesem Haus, entstanden war. Als der Rekorder das Video komplett zurückgespielt hatte, startete ich das Gerät erneut.

Ein Zeichentrickfilm flimmerte über den Bildschirm. Noch immer gab es keinen Ton, doch ich sah Tiere durch den Wald laufen, sich unterhalten und - wie es schien – sogar Lieder singen. Von der jungen Frau war nichts mehr zu sehen.

Wie war das möglich?

Ich schaltete den Videorekorder aus. Nach meinem Wissen konnte man ein Videoband nicht abspielen und gleichzeitig mit einem anderen Programm löschen. Aber selbst wenn dies mit einer technischen Sonderanfertigung möglich gewesen sein sollte und es sich bei dem vor mir stehenden Gerät um ein solches Spezialgerät handelte, würde dies doch nicht erklären, in welchem Programm das Gerät um diese Zeit jenen Film hätte aufzeichnen können, zumal der Empfang ja gestört gewesen war, als ich zu den Videokassetten griff. Die Videos. Es gab ja noch zwei weitere Bänder, die ich in dem Versteck gefunden hatte. Was mochte auf ihnen zu sehen sein? Todmüde legte ich nun doch die zweite Kassette in den Rekorder. Ich musste dieser seltsamen Geschichte einfach nachgehen. Und wie sollte ich denn schlafen, in diesem Haus, wo maskierte Männer in der Nacht ein- und ausgingen? Natürlich, die Bilder waren ja nicht in diesem Haus gemacht worden. Zumindest bei den Aufnahmen des Wohnzimmers konnte ich sicher sein, denn dort war ja eine Luke im Boden gezeigt worden, die es hier nirgends gab. Wahrscheinlich war auch die Geschichte mit dem Brett im Badezimmer meinem überdrehten Verstand zuzuschreiben. Trotzdem. Mir war wohler bei der Vorstellung, wenigstens bis zum Morgengrauen wach zu bleiben.

Auf der zweiten Videokassette befand sich derselbe Zeichentrickfilm, den ich schon auf dem ersten Band gesehen hatte. Auch hier fehlte der Ton. Ich kam nicht mehr dazu, das dritte Band in den Rekorder zu legen, denn als ich gerade nach der Kassette griff, hörte ich Schritte.

7.

Ich lauschte, aber es war nichts mehr zu hören. Es waren die Schritte eines Menschen gewesen, die die Geräusche, das Knacken von Ästen, das Rascheln von Laub am mittleren Fenster des Wohnzimmers verursacht hatten. Ich war mir sicher. Die Person musste stehen geblieben sein. Vielleicht überlegte sie, was zu tun war. Es konnte natürlich ein Wanderer sein, der sich verlaufen hatte und nun seit Stunden in der Dunkelheit umherirrte. Diese Erklärung erschien mir recht abwegig, doch war ich froh, eine Interpretation der Ereignisse gefunden zu haben, die nicht das Schlimmste vermuten ließ. Wenn die Person allerdings weiter dort am Fenster stehen blieb und nicht zur Tür ging, um zu klingeln und um Hilfe zu bitten, konnte ich diese Möglichkeit bald ausschließen.

Vorsichtig, darauf bedacht, selbst kein Geräusch zu machen, näherte ich mich dem Fenster und blieb davor stehen. Noch immer war nichts zu hören. Konnte sich die Person lautlos wieder entfernt haben? Handelte es sich am Ende um einen Einbrecher, der, nachdem er Licht durch die schmalen Ritzen der Jalousie dringen sah, von seinem Plan Abstand genommen hatte? Sicher hatte er gehofft, das Haus leer vorzufinden. Aber was wollte er denn überhaupt hier. Ich stellte mir vor, wie auf der anderen

Seite der Wand ein Mann mit Motorradhelm stand und lauschte. Doch je mehr Zeit verging, ohne dass noch ein Geräusch erklang, umso sicherer wurde ich, dass ich mir die Schritte nur eingebildet hatte. Es konnte genauso gut ein Tier gewesen sein. Vielleicht war ja auch nur ein Ast vom Wind zu Boden geweht worden.

Ich hörte ein elektrisches Knacken, wie von einem Funkgerät, kurz darauf ein monotones Brummen. „Er ist noch wach", sagte eine männliche, raue Stimme im Flüsterton. Die nächsten Worte schienen aus dem Gerät zu kommen. „Ich gehe nach vorne zur Eingangstür. Bleib du am Fenster stehen. Falls er weg will".

Mein Herz raste. Ich rannte durch das Haus und schaltete überall das Licht aus. In der Dunkelheit, so hoffte ich, würde es den Eindringlingen viel schwerer fallen, mich zu finden. Als ich schließlich im Obergeschoss vollkommen im Dunkeln stand, wurde mir klar, dass mir diese Dunkelheit wenig nützen würde, musste ich doch davon ausgehen, dass diese Leute in der Lage waren, einen Lichtschalter zu bedienen. Hätte Angst meinen Verstand nicht vollständig beherrscht, ich wäre mir in diesem Augenblick wohl reichlich lächerlich vorgekommen. In Gedanken suchte ich das Haus nach dem Sicherungskasten ab. Ich lauschte. Kam da schon jemand die Treppe herauf?

Das Holz knirschte leicht. Ich musste mich hier oben verstecken. Leise öffnete ich die Lamellentür, die vom Flur aus zur Abstellkammer führte, und versuchte mit meinem recht kompakten Körper hier Platz zu finden. Ich tastete mich mit den Händen vor. Dort waren ein Besen, ein Staubsauger, einige Eimer. Daneben stand ein viereckiges Gerät, eine Waschmaschine oder ein Wäschetrockner. Wieder hörte ich ein Knacken auf der Treppe und bereute, nicht im Badezimmer geblieben zu sein, wo ich die Tür wenigstens von innen hätte abschließen können. Doch für solche Überlegungen war es nun zu spät. Ich zog die Tür hinter mir zu und kletterte, ängstlich darum bemüht kein Geräusch zu machen, auf das Gerät. Ich brauchte ein paar Minuten, bis ich in einer einigermaßen entspannten Haltung dort oben saß, denn ich wollte jedes Geräusch verhindern, das mich hätte verraten können.

Wieder das Knarren der Treppenstufen. Dann hörte ich jemanden leise atmen. Das Geräusch kam langsam näher, allerdings ohne lauter zu werden. Schließlich hörte ich es direkt vor meiner Tür. Ich selbst atmete fast gar nicht mehr. Ich war fest entschlossen, völlig geräuschlos hier auszuharren, bis die unheimlichen Gestalten das Haus wieder verlassen würden.

8.

Ich wachte am frühen Nachmittag des nächsten Tages auf der Wohnzimmercouch auf. Die Sonne schien durchs Fenster und verbreitete ein angenehmes Licht. Ich kann mich nicht erinnern, mich jemals so entspannt gefühlt zu haben. Ich hatte wohl den Schlaf der letzten zwei Monate nachgeholt. Hätte mir damals jemand erklärt, ich hätte einen ganzen Tag verschlafen, es hätte mich nicht überrascht.

An die Ereignisse der letzten Nacht konnte ich mich noch sehr lebhaft erinnern und auch im Laufe der nächsten Tage und Wochen sollten diese Erinnerungen nicht verblassen. Ja, selbst jetzt noch fallen mir viele unbedeutende Details jener Nacht ein, kann ich die zeitliche Reihenfolge der Ereignisse bis ins Kleinste rekonstruieren. Daher kann ich behaupten, dass die Schilderungen auf den vorangegangenen Seiten nichts Erfundenes enthalten. Ich habe all dies tatsächlich erlebt. Zumindest in meiner Realität haben sich diese Ereignisse so abgespielt.

Die Tatsache, dass ich auf der Couch aufwachte und nicht auf dem Trockner, dass die Jalousien nicht, wie in meinem Traum, im ganzen Haus herunter gelassen worden waren, ließ meine Erinnerungen damals unwirklich erscheinen. Ich hatte nach dem Aufwachen durchaus noch das Bedürfnis, die Dinge zu untersuchen, die mich in der vergangenen Nacht derart verunsichert hatten, doch zweifelte ich nicht daran, dass ich für alles eine befriedigende Erklärung finden würde.

Zunächst suchte ich im Wohnzimmer nach den Videokassetten. Ich schaute hinter dem Bücherregal nach, doch weder hier noch auf dem Fernseher oder neben dem Rekorder fand sich eine Spur irgendwelcher Videobänder. Ich schaltete den Fernseher an. Alle Sender zeigten ihr reguläres Programm. Ich musste wieder an den Bildausfall denken, den ich am Abend zuvor erlebt hatte. Zu jenem Zeitpunkt musste ich bereits auf der Couch gelegen und tief und fest geschlafen haben. Auf dem Tisch stand die Schüssel mit Kartoffelchips, noch halb voll. Ich musste über mich selbst den Kopf schütteln. Ich war auf der Couch zusammengesackt, völlig erschöpft von den Anstrengungen der vergangenen Wochen, und hatte dann im Traum nichts Besseres zu tun gehabt, als die Chips, die noch auf dem Tisch standen, aufzuessen. Im Anschluss hatte ich mir sogar noch zwei Marmeladenbrote geschmiert. Die Weinflasche war noch halbvoll. Ich war kurz irritiert, denn ich konnte mich daran erinnern, die Weinflasche erst geöffnet zu haben, als die Chipstüte bereits leer war.

Der Fernseher war ausgeschaltet, als ich aufwachte. Ich war wohl in der Nacht kurz wach geworden, hatte schlaftrunken nach der Fernbedienung gegriffen und war, sobald das Flimmern erloschen war, wieder in den Schlaf gesunken. Ich habe einmal einen Bericht gelesen, wonach solche wachen Momente häufig zu kurz sind, als dass sich das Bewusstsein zu einem späteren Zeitpunkt noch daran erinnern kann.

Ich öffnete das Fenster, genoss die frische Luft und brachte dann die Schüssel und die Weinflasche in die Küche. Dort stand ein Teller, auf dem Brotkrümel und ein Klecks Marmelade von seiner Benutzung zeugten. Es machte mir einige Mühe, diesen Umstand in die Geschichte einzubauen, die alles andere so wunderbar erklärte. Ich hatte die Marmeladenbrote ja erst in meinem Traum geschmiert, als die Kartoffelchips bereits aufgegessen waren. Ich konnte mich nicht erinnern, zu irgendeinem Zeitpunkt zuvor in der Küche etwas zu Essen zubereitet zu haben. In mir stieg ein leichtes Unbehagen auf, doch es gelang mir, dieses Gefühl mit dem Verweis auf die nicht vorhandenen Videokassetten und die offenen Rollläden fortzuwischen. Da ich nun einmal einen derart intensiven Traum gehabt hatte, konnte dieser doch meine Erinnerung an den vergangenen Abend auch ein wenig durcheinander gebracht haben. Vielleicht war ich ja in der Nacht aufgestanden und hatte mir die Brote zubereitet. Seit früher Kindheit habe ich nicht mehr geschlafwandelt. Aber das ist ja noch kein Beweis dafür, dass ich es in der vergangenen Nacht nicht doch getan hatte. Vielleicht hatte ich mir diese Brote auch gleich nach meiner Ankunft zubereitet, war aber gedanklich noch so sehr mit anderen Dingen beschäftigt gewesen, dass ich mich nun an die Handlung selbst nicht mehr erinnern konnte.

Inzwischen war ich auch im oberen Stockwerk gewesen und hatte nichts Ungewöhnliches feststellen können. Ich sah mir die Besenkammer an. Der Vermieter musste sie mir am Vorabend bei seinem Rundgang durchs Haus gezeigt haben, denn sie sah genauso aus, wie ich sie aus meinem Traum in Erinnerung hatte.

Ich kam ins Badezimmer. Dort war jenes Brett zu sehen, das mich in meinem Traum so beschäftigt hatte. Die Räume strahlten bei Tageslicht eine unvergleichlich freundlichere Atmosphäre aus, und meine Erinnerungen, so lebendig sie auch waren, verblassten hinter den angenehmen Eindrücken, die ich jetzt sammelte. Nachdem ich einen kurzen Blick ins Schlafzimmer geworfen hatte, nahm ich eine ausgiebige Dusche und zog mich dann für einen längeren Ausflug an.

Ich spazierte einen kleinen Trampelpfad entlang, der hinter dem Haus in den Wald hineinführte. Ich kam an eine Gabelung und entschied mich dafür, den Weg zu nehmen, der vom Berg herab führte, in der Hoffnung, bis hinunter zum Bach zu kommen, den ich am Vortag gesehen hatte und dessen Plätschern eine so beruhigende Wirkung auf mich gehabt hatte. Der Bach, so schmal wie er war, kündigte sich mit seinen Geräuschen lange an, bevor ich ihn endlich erblickte, und so wurde mein Ausflug weit länger als eigentlich vorgesehen. Aber ich hatte ja keine Eile. Ich musste nur rechtzeitig zurück sein, um meine Einkäufe erledigen zu können. Ich wollte an diesem Abend kochen und dachte während meines Spaziergangs schon über die Zutaten nach. Hin und wieder tauchte dieser Teller, auf dem die Reste meines Marmeladenbrotes zu finden waren, in meinen Gedanken auf.

Als ich schließlich am Bach saß, gab ich mich diesen Gedanken ganz hin. Welchen Sinn, so überlegte ich, würde die Geschichte ergeben, wenn weder die Videobänder noch die nächtlichen Besucher eine Ausgeburt meines überspannten Geistes waren? Die Videos waren verschwunden. Soviel stand fest. Also wurden sie von den nächtlichen Eindringlingen mitgenommen, ergo hatten sie mit diesen merkwürdigen Aufnahmen zu tun. Gab es diese Eindringlinge, so war ich auch auf den Trockner in der Besenkammer geklettert. Ich war dort eingeschlafen und die Einbrecher, vermutlich mit Motorradhelmen maskiert, hatten die Freundlichkeit gehabt, mich zur Wohnzimmercouch zu tragen, damit ich am nächsten Tag nicht völlig verspannt war. Danach hatten sie die Jalousien hochgezogen und waren dann wohl mit den drei Videos durch die Luke im Boden verschwunden. Nein, es war ja ausgeschlossen, dass ich diese Details in eine Ordnung brachte, ohne auf immer neue Widersprüche zu stoßen. Und wozu sollten sie auch diese sonderbaren Kassetten, auf denen mehrere Folgen einer Zeichentrickserie aufgenommen worden waren, mitnehmen? Aber vielleicht gab es ja einen Trick, mit dem man die Kassetten so einstellen konnte, dass sie die geheimnisvollen Aufnahmen zeigten, die ich am Abend zuvor gesehen hatte. Aber warum waren die Kassetten überhaupt in diesem Haus aufbewahrt worden? Hatte jemand sie dort versteckt, um sie zu einem späteren Zeitpunkt zu holen? Jede Antwort warf neue Fragen auf und machte so immer absurdere Konstruktionen erforderlich. Es hatte kein Videoband gegeben und keine Eindringlinge. Durch diese Erkenntnis völlig beruhigt stand ich auf und machte mich auf den Rückweg zum Haus, um von dort aus mit meinem Wagen zum Einkaufen in den Ort zu fahren.

9.

Ich kehrte mit zwei Flaschen Wein, zwölf Eiern, Kartoffeln, Zwiebeln, mehreren Packungen Schokoladenpudding, einigen Äpfeln und allerhand Gewürzen zurück. Nachdem ich sämtliche Lebensmittel aus dem Wagen geholt hatte, schloss ich die Tür hinter mir und drehte den Schlüssel zwei Mal um. Ich stellte mir vor, dass sich alle Ungereimtheiten der vergangenen Nacht noch dort draußen befanden und ich ihnen den Zutritt zu diesem Haus in dieser Nacht verwehren würde.

Die Sonne war noch nicht untergegangen, nahm am Horizont aber allmählich eine rötliche Färbung an. Im Grunde schien es mir für ein Abendbrot etwas zu früh, aber nach dem ausgedehnten Spaziergang und der Fahrt in den Ort war ich hungrig und so machte ich mich an die Zubereitung der Mahlzeit. Ich öffnete eine Flasche Wein und deckte den Tisch.

Als ich im Wohnzimmer beim Essen saß, herrschte eine für mich fast unerträgliche Stille. Zuvor hatte ich den schwachen Straßenverkehr des Ortes, die Geräusche meines die Serpentinen hinauffahrenden Wagens, das Brutzeln der Eier in der Pfanne gehört. Jetzt klangen mir nur die eigenen Kaugeräusche in meinen Ohren. Trank ich einen Schluck Wein und ließ die Flüssigkeit auf meiner Zunge einen Augenblick verweilen, war nichts als Stille zu hören. Und plötzlich schien die Erinnerung an den vorangegangenen Abend und die Nacht wieder lebendiger zu werden. Plötzlich war ich wieder der Überzeugung, dass es sich nicht um einen Traum gehandelt haben konnte, einfach weil die Sinneseindrücke dazu viel zu intensiv gewesen waren. War ich wieder in einer ähnlichen Verfassung wie am Abend zuvor? War ich bereits wieder angekommen an der Grenze zu eben jenem Bewusstseinszustand, der die Wirklichkeit auf so bizarre Weise mit Wahnvorstellungen zu vermischen mochte? Selbstverständlich dachte ich damals nicht in dieser Klarheit über meinen Zustand nach. Tatsächlich war es aber so, dass ich in diesem Moment an der Wirklichkeit des Omelettes, des Glases und der Weinflasche zweifelte. Ich konnte mir sehr gut vorstellen, bereits wieder zu träumen. Am vorangegangenen Abend war dieser Wechsel zwischen Wachen und Schlafen ja auch so ganz unbemerkt vonstatten gegangen. Mir war nicht wohl bei dem Gedanken.

Ich überlegte, ob ich mich nicht bereits wieder auf das Sofa gelegt hatte, oder gar in das Bett im Schlafzimmer. Doch seit ich vor ungefähr einer halben Stunde zurückgekehrt war, hatte ich mich nur zwischen dem Esstisch und der Küche hin und her bewegt. Mit dieser Gewissheit vor Augen verschwand das unangenehme Gefühl allmählich. Nachdem ich das Geschirr in die Küche gebracht hatte, ging ich in aller Ruhe durch die Räume und ließ die Jalousien herunter. Ich hatte meinen Realitätssinn zurückgewonnen, und diese Maßnahme diente keinesfalls dem Zweck, nächtliche Besucher am Einbruch zu hindern, als vielmehr dazu, meinem angespannten Verstand die Möglichkeit zu nehmen, harmlose Ereignisse wie das Auftauchen eines Tieres aus dem Wald oder das Herabfallen eines Astes zum Anlass zu nehmen, mir erneut eine solch abenteuerliche Geschichte zu erfinden.

Als ich wieder im Wohnzimmer saß, fühlte ich eine angenehme Entspannung. Ich war in der Stimmung, ein Buch zu lesen, doch ich musste aufs Neue feststellen, dass hier der triviale Lesestoff, den ich für meinen Urlaub bevorzugte, nicht zu haben war. So gestattete ich mir einen weiteren Fernsehabend. Es dauerte nicht lange, bis ich spürte, wie die Müdigkeit in die letzten Winkel meines Körpers kroch. Ich beschloss ins Bett zu gehen, bevor ich meine Nerven ein weiteres Mal überreizte.

Ich ging ins Schlafzimmer, legte meine Kleidung auf die Kommode und löschte das Licht. Noch einmal tauchten die Bilder der vergangen Nacht vor meinem geistigen Auge auf. Ich dachte an die Frau, die in der Dunkelheit gelegen hatte und von diesem maskierten Mann besucht worden war. Ich schaltete die Nachttischlampe neben mir an. Ich ärgerte mich ein wenig über meine Ängstlichkeit. Doch dann schienen mir die heruntergelassenen Jalousien und die brennende Nachttischlampe als vertretbare Zugeständnisse an einen erschöpften Geist, der sich allmählich von den Strapazen der letzten Wochen erholte.

10.

Am nächsten Morgen wurde ich vom Vogelgezwitscher geweckt, das gedämpft durch die verhangenen Fenster drang. Ich stand auf und zog die Jalousien hoch. Der Tag brach gerade an. Es war Sommer und bei diesen Lichtverhältnissen konnte es nicht viel später als fünf Uhr morgens sein. Ich legte mich wieder ins Bett und schaute zum Fenster hinaus, während ganz allmählich die Helligkeit im Zimmer zunahm. Ich schaltete die Nachttischlampe aus und rollte mich auf die Seite, in der Hoffnung noch ein wenig zu dösen. Doch ich war hellwach. Ich nahm dies als ein gutes Zeichen. Ich war ausgeschlafen. Nachdem ich in der ersten Nacht zwölf, vielleicht auch mehr Stunden am Stück geschlafen hatte, brauchte mein Körper in dieser Nacht weniger den Schlaf als die Ruhe. Und die hatte ich hier. Ich musste nicht aufstehen. Ich musste keine Termine einhalten. Ich konnte stundenlang hier im Bett liegen und den Vögeln lauschen.

So entspannt wie seit Wochen nicht mehr, stand ich schließlich auf, ging ins Bad, duschte kurz und bereitete mir dann ein Frühstück zu. Ich setzte mich zum ersten Mal seit meiner Ankunft auf die Veranda. Ich aß zwei Käsebrote und wanderte mit meinen Augen über die Bäume der umliegenden Hügel.

Ich genoss die Stille, und mir kam der Gedanke, dass es nichts zu tun gab für mich an diesem Tag und ich mich von diesem Platz heute nicht mehr erheben musste. Sogleich fielen mir alle möglichen Angelegenheiten ein, um die ich mich doch zu kümmern hatte. Kollegen, die mich in einigen, im Großen und Ganzen eher unbedeutenden Sachen vertraten, auf die ich aber doch ein Auge haben sollte, wollte ich verhindern, dass sie meine Abteilung innerhalb der zwei Wochen, die ich in Urlaub war, in Schwierigkeiten brachten. Sollte ich mich heute einmal bei ihnen melden? Ich dachte über Besorgungen nach, eine vielleicht bald anstehende Autoreparatur und noch einige andere Dinge, die es unbedingt zu erledigen galt. Aber ich hatte meinen Plan, mich an diesem Tag ganz um meine Erholung zu kümmern, noch nicht aufgegeben. Deshalb blieb ich eisern auf der Veranda sitzen, während meine

Gedanken immer neue wichtige Erledigungen erfanden, um die ich mich auf der Stelle kümmern musste. Als ich bemerkte, wie meine Knie auf und ab wippten, als wolle ich jeden Moment zu einem Dauerlauf starten, stand ich auf und räumte den Tisch ab.

Während ich den Geschirrspüler einräumte, versuchte ich meine Gedanken zu ordnen. Es gab im Grunde nichts, was ich wirklich an diesem Tag tun musste. Um all die Dinge, die ich mir erfand, um die Ruhe nicht ertragen zu müssen, die hier draußen herrschte, konnte ich mich in den nächsten Tagen, ja eigentlich auch in den Wochen, die diesem Urlaub folgen würden, kümmern. Doch ich erkannte, dass mein Verstand diese Dinge immer wieder hervorholen würde, wenn ich ihm nicht einige unbedeutende Ziele für den Tag gab, an denen er sich orientieren konnte. Ich beschloss mich auf den Weg in den Ort zu machen. Ich würde meine Frau Lydia anrufen. Und ich würde mir in einer Buchhandlung Lesestoff besorgen und so verhindern, dass ich die restlichen Abende hier mit einem doch in der Regel sehr uninteressanten Fernsehprogramm verbringen würde.

Ich fand meinen Autoschlüssel nicht. Ich durchsuchte die Kleidungsstücke, die ich in den letzten Tagen getragen hatte und lief durchs Haus, den Blick auf den Boden geheftet. Der Schlüssel tauchte nicht auf. Ich nahm an, dass er mir auf dem Weg vom Wagen zum Haus aus der Tasche gefallen sein musste.

Ich ging also den Weg zum Auto zurück, machte dabei kleine Ausfallschritte nach links und rechts, um ja den ganzen Boden, über den ich am Vortag gegangen war, abzudecken, fand aber auch hier meinen Autoschlüssel nicht wieder. Ich hatte mit dieser Suche inzwischen bestimmt eine Stunde verloren, und auch wenn ich im Urlaub war und Zeit nur eine untergeordnete Rolle spielte, so wollte ich doch nicht den Rest des Tages mit dieser Suche verbringen. Ich beschloss, den Weg zum Haus ein letztes Mal abzusuchen. Fände ich den Schlüssel auch bei diesem Durchgang nicht, würde ich für diesen Tag auf mein Auto verzichten. Der Schlüssel musste dann wohl doch irgendwo im Haus sein, wo ich ihn ja auch später noch finden konnte. Vielleicht, so dachte ich mir auf den letzten Metern, als ich mich bereits damit abgefunden hatte, den Schlüssel hier nicht mehr zu finden, würde es mir gut tun, auf diese schnelle Fortbewegung einmal zu verzichten.

11.

Ich machte, um wenigstens einen Teil des Weges am Bach entlang zu spazieren, einen kleinen Umweg, und so dauerte es über zwei Stunden, bis ich am Ortseingang von Hasslach ankam. Als ich am Haus meines Vermieters vorbei ging, stellte der gerade seinen Wagen ab. Er bat mich auf einen Kaffee in sein Haus. Wir unterhielten uns über einige im Grunde recht unbedeutende Themen. Wir kamen auch auf den Grund meines Ausfluges zu sprechen. Als er hörte, dass ich auf der Suche nach einer Urlaubslektüre war, führte er mich in einen kleinen Raum, der an allen Seiten mit Büchern vollgestellt war. Anders als im Haus auf dem Hügel waren hier unterschiedlichste Autoren und Genres zu finden. Ich entschied mich für einen Abenteuerroman und eine Sammlung von Kurzkrimis. Dann wollte ich mich auf den Weg machen und erkundigte mich nach der nächsten Telefonzelle. Doch der Alte bot mir sein Telefon an und so ging ich hinaus in den Flur. Meine Frau war nicht in der besten Verfassung. Sie hatte im Krankenhaus eine unangenehme Auseinandersetzung mit ihrer Mutter gehabt, die ihr, in Anwesenheit von Ärzten und Pflegern, mangelnde Anteilnahme und Fürsorge vorgeworfen hatte. Jetzt ärgerte ich mich darüber, das Angebot des Alten angenommen zu haben. Ich hatte hier in diesem Flur, mit einem Zuhörer im Wohnzimmer, nicht die Ruhe, meiner Frau den Raum zu geben, den sie für ihren Kummer in diesem Moment benötigte. Lydia spürte meine Nervosität und das Telefonat endete abrupt. Also würde ich nun doch noch in den Ort gehen müssen. Ich brauchte eine Telefonzelle, von der aus ich Lydia anrufen konnte, um in Ruhe mit ihr zu reden.

Ich kehrte zum Alten ins Wohnzimmer zurück und verabschiedete mich. Er brachte mich zur Tür, wünschte mir weiter einen schönen Urlaub und bat mich, ihn bei Problemen aller Art umgehend zu kontaktieren. Ich weiß nicht, wie das Gespräch zwischen uns hier noch einmal eine solche Wendung nehmen konnte. Vielleicht war, als ich mir im Hausflur meine Jacke anzog, für den Alten ein Moment peinlicher Stille entstanden. Jedenfalls begann er nun, völlig ohne Zusammenhang wie mir schien, ein Gespräch über die Regierung und ihre Unfähigkeit bei der Kriminalitätsbekämpfung. Ich reagierte ausweichend, wollte das Gespräch möglichst schnell beenden, eine Telefonzelle finden und mich danach endlich auf den Heimweg begeben. Doch der Alte redete hier offenbar über ein Thema, das ihm schon länger auf der Seele zu liegen schien. Auf jede meiner ausweichenden Antworten reagierte er, als habe ich widersprochen, und so machte er, ehe ich mich versah, einen seiner politischen Kontrahenten aus mir. Er brüllte nun fast und er hörte auch dann nicht mehr auf zu diskutieren, als ich ihm in allen Punkten Recht gab. Denn nun, da ich scheinbar begann Einsicht zu zeigen, wollte er mich davon überzeugen, dass ich, gab ich ihm in jenen Punkten Recht, bei den anderen Themen meine Meinung unmöglich aufrechterhalten konnte.

Mir wurde allmählich schwindlig. Ich hatte das Gefühl, meinen Körper nicht mehr unter Kontrolle zu haben, so als ob ich auf einmal von einem plötzlichen Fieber gepackt worden sei. Ich hörte dem Alten gar nicht mehr zu, nickte nur noch und murmelte Zustimmungen. Ich brachte meine ganze Konzentration auf, um nicht hier auf der Stelle auf die Knie zu gehen. Mein Blick glitt zu Boden, über die Fußmatte, die Schuhe und einen Kleiderständer, der in der Ecke hinter der Tür stand. Dort hingen mehrere Jacken. Darunter, am Fuß des Kleiderständers, stand ein Motorradhelm. Der Helm war schwarz, wie der Helm, den ich auf dem Video gesehen hatte. Und über der Stirn war ein roter Aufkleber zu sehen. Die Farbe war verblasst, der Schriftzug nicht mehr zu lesen.

Als ich diesen Aufkleber sah, wurde mir klar, dass auf dem Motorradhelm des Mannes auf dem Video eben so ein roter Punkt gewesen war. Plötzlich erinnerte ich mich ganz deutlich an diesen Fleck auf dem Motorradhelm. Mir wurde schwarz vor Augen.

12.

Ich kann mich nur noch daran erinnern, dass ich plötzlich auf dem Sofa im Wohnzimmer saß und mir der Alte ein Glas Wasser reichte. Er sah mich besorgt an. Während ich einen Schluck trank, wurde ein Schlüssel ins Schloss gesteckt und die Haustür ging auf. Eine grauhaarige, stämmige Frau betrat mit einem großen Einkaufskorb den Flur. Ihr Mann erklärte ihr, wer ich war und was sich gerade abgespielt hatte. Als sie mich begrüßte, nickte ich so freundlich wie möglich.

Mein Kopf wurde allmählich wieder klarer. Die beiden redeten darüber, was nun zu tun sei. Sie sprach sich dafür aus, einen Krankenwagen zu rufen, während der Alte mich zum Arzt in die „Stadt" fahren wollte. Ich hielt mich aus dem Gespräch heraus, bis ich genug Kraft gesammelt hatte, mich entspannt und nüchtern an der Diskussion zu beteiligen, und so wieder Einfluss auf meine Geschicke zu bekommen. Ich wollte mich auf keinen Fall einem Arzt anvertrauen. Ich wollte keine Psychopharmaka bekommen, keine Herz-Kreislaufmedikamente, die mich in wenigen Wochen ins Grab bringen konnten, und ganz bestimmt wollte ich auch keine psychiatrische Klinik von innen sehen. Vielleicht dachten meine beiden Gastgeber gar nicht so weit. In ihren Augen hatte ich ja nur einen kleinen Schwächeanfall erlitten. Doch ich befürchtete, meine seltsamen Erlebnisse der ersten Nacht könnten - redete ich erst einmal mit einem Arzt - auch zur Sprache kommen. Dies war zwar ohne mein Zutun nicht möglich, doch waren meine Gedanken in diesem Punkt nicht so klar. Ich hatte in mich selbst nicht mehr genug Vertrauen.

Ich äußerte so gelassen, wie es mir möglich war, den Wunsch, mich jetzt, nachdem ich wieder bei Kräften war, auf den Heimweg zu begeben. Dies wurde von den beiden zunächst als übertriebenes Heldengebaren abgetan. Doch eben damit hatte ich gerechnet und meine Energie gesammelt, um nun mit Nachdruck auf meinem Standpunkt bestehen zu können. Der Alte war nicht so einfach zu überzeugen. Er würde sich schwere Vorwürfe machen, wenn er mich nach diesem Zusammenbruch einfach gehen ließe, um Tage später zu erfahren, dass ich tot im Wald gefunden worden sei. Wenn ich darauf bestand, nicht zum Arzt und auch nicht ins Krankenhaus zu gehen, dann war das mit ihm nur zu machen, wenn er mich in das Haus auf dem Hügel zurückfahren dürfe. Darauf müsse er bestehen, sonst habe er heute Abend keine ruhige Minute und müsse am Abend ja doch nach oben fahren, um nachzusehen, ob ich gut angekommen sei.

Er musste mich nicht lange überreden. Schon der Abstieg hatte mich ein wenig erschöpft. Die Vorstellung, in desolater körperlicher Verfassung oben in meinem Domizil anzukommen, war mir nicht angenehm. Ich hatte wohl die Vorstellung, ich könnte meinem überspannten Geist schneller nachgeben, wenn ich auch körperlich geschwächt war. Ich wollte mich schonen. Ich leistete der Form halber Widerstand, der aber unmöglich dazu hätte ausreichen können, den Alten umzustimmen. Seine Frau packte mir noch ein Glas von ihrem selbstgekochten Pflaumenmus ein, dann stiegen wir in den Wagen.

An seinem Fahrstil konnte man das Alter meines Vermieters besser ablesen als an seinen rauen Händen und dem sonnengegerbten Gesicht. Er fuhr immer ein wenig langsamer, als es die Geschwindigkeitsbegrenzung zuließ, blinkte ungefähr zweihundert Meter, bevor er abbog und blickte dabei in einer Ausführlichkeit über seine Schulter, dass jeder Fahrlehrer entzückt gewesen wäre. Auf dem Weg zu einem Flughafen oder einer Konferenz wäre ich sicher von Minute zu Minute nervöser geworden und hätte ihn spätestens nach 50 Metern angeherrscht. Doch unter den gegebenen Umständen war mir seine Umsicht recht angenehm. Ich bildete mir wohl ein, er fahre gerade meinetwegen so vorsichtig, um meine Nerven zu schonen. Diese Vorstellung behagte mir. Ein bisschen Fürsorge konnte ich wirklich gebrauchen. Als wir die Serpentinen hoch krochen, fühlte ich mich fast so frisch und ausgeruht wie am Morgen.

Mit dem gleichen Tempo, mit dem wir die Berge hinauf geschlichen waren, holperten wir über die Wiese. Als wir vor dem Haus standen, bedankte ich mich für seine Mühe und wollte ihm zum Abschied die Hand schütteln, doch er bestand darauf, mich ins Haus zu begleiten. Wieso tauchte ein so heftiger Widerwillen in mir auf gegen seine Fürsorge, die mir doch eben noch so angenehm war?

Ich traute mich nicht, ihm zu widersprechen, aber während wir noch ins Haus gingen, stellte ich mir vor, wie wir uns im Wohnzimmer auf das Sofa setzten, und er dann von neuem eine Diskussion über eben jene Themen beginnen würde, die ihm offenkundig so am Herzen lagen.

Dazu kam es nicht. Jedenfalls kann ich mich hieran nicht erinnern. Überhaupt kann ich mich nicht erinnern, wie der Alte von hier wieder weggefahren ist. Ich kann mich nicht daran erinnern, ihm die Hand geschüttelt zu haben, was ich zum Abschied doch bestimmt getan hätte. Auch kann ich mich nicht an das Geräusch seines davonfahrenden Wagens erinnern. Wahrscheinlich war ich zu sehr in Gedanken versunken. Doch während ich dies schreibe, kommt mir noch eine andere Idee in den Sinn. Vielleicht bin ich auf dem Weg ins Haus zusammengebrochen, und der grausige Traum, der nun folgen sollte, begann bereits bei meiner Ankunft hier oben.

13.

Ich erinnere mich, an diesem Abend lange auf der Veranda gesessen zu haben. Ich war wohl nach den Ereignissen des Tages nicht in der allerbesten Stimmung. So schaute ich dumpf in den Wald, betrachtete die Sonne, die ganz allmählich hinter den Bäumen verschwand und spazierte in Gedanken zwischen den Fichten hinunter zum Bach. Das Plätschern des Wassers hätte mir in diesem Moment fraglos gut getan. Auch die Bewegung hätte vielleicht vermocht, mich aus meiner trüben Stimmung zu reißen. Und doch erhob ich mich nicht von meinem Stuhl, bis die Sonne schon lange verschwunden war, und es mich in meinem T-Shirt allmählich zu frieren begann.

Schließlich ging ich ins Haus, ließ die Jalousien herunter und bereitete mir einen Salat zu. Danach setzte ich mich an den Tisch und schrieb meiner Frau einen kurzen Brief. Zuwendungen dieser Art waren zwischen uns im Laufe der Jahre immer seltener geworden, und zum ersten Mal seit langer Zeit empfand ich Bedauern über diese Tatsache. Ich schrieb, dass ich ihr ohne bestimmten Anlass mitteilen wolle, wie sehr ich sie bewundere, und wie glücklich ich mich schätze, dass sie ihr Leben mit mir teilte. Ich sei immer für sie da, sie müsse mich nur rufen. Ich freue mich darauf, sie in einigen Tagen in meine Arme zu schließen.

Ich faltete das Papier zusammen und steckte es in die Jackentasche. Ich stellte mir ihr Gesicht vor, wenn sie den Brief öffnen würde. Mein Gott, wie lange war es her, dass ich mich ihr auf so zärtliche Weise zugewandt hatte. Eine so lange Zeit der Getrenntheit und Kälte würde es zwischen uns nicht noch einmal geben. Dafür würde ich sorgen. Bei diesem Gedanken überkam mich tiefe Zufriedenheit und ich war beinahe dankbar für die Ereignisse der vergangenen Tage, die mir diesen Umstand so deutlich vor Augen geführt hatten. Lydia gestattete mir, mich um sie zu kümmern, und oft hatte ich mich benommen, als wüsste ich dieses Privileg nicht zu schätzen.

Je länger ich darüber nachdachte, umso mehr bereute ich, sie so vernachlässigt zu haben, und umso schlechter fühlte ich mich, angesichts der Tatsache, dass ich nach diesem Verhandlungsmarathon nicht nach Hause zurückgekehrt war. Natürlich, sie war selbst in diesen Tagen nicht oft zu Hause. Aber in ihrer Abwesenheit hätte ich mich um die Wohnung kümmern, hätte für sie kochen, sie abends von den Dreharbeiten abholen und zum Essen ausführen können. Ich beschloss, nicht zur Post zu fahren. Ich würde morgen hier aufbrechen und ihr den Brief persönlich übergeben.

14.

Als dieser Entschluss gefasst war, machte ich mich wieder auf die Suche nach meinem Autoschlüssel. Ich durchkämmte die Räume systematisch, doch der Schlüssel blieb verschwunden. Ich würde am nächsten Tag noch einmal auf der Wiese vor dem Haus suchen müssen.

Ich setzte mich mit einer Tasse Tee und den beiden Büchern, die ich mir geliehen hatte, in den Wohnzimmersessel. Zuerst griff ich nach dem Abenteuerroman. Doch die Geschichte war bei weitem nicht so unterhaltsam wie erhofft und so wendete ich mich schon nach Kurzem den Kriminalgeschichten zu. Nur wenige Sätze waren nötig, um meine Gedanken an den Autoschlüssel zu vertreiben. Die Geschichten waren, so weit ich es beurteilen kann, nicht besonders gut geschrieben, aber sie verfügten über eine gewisse Spannung, makaberen Humor und eine zumeist grausame Pointe.

Die vierte Geschichte erzählte von einer Frau, die im Krankenhaus erfährt, dass ihre Mutter verstorben ist. Ihr gehen viele Gedanken durch den Kopf. Sie macht sich Vorwürfe, dass sie nicht früher gekommen ist und fragt sich, warum sie über dieses oder jenes nie mit ihrer Mutter gesprochen hat. Sie ruft ihren Mann an, der krank zu Hause liegt, spricht aber nur mit der Tochter, die es übernommen hat, sich an diesem Abend um ihren Vater zu kümmern. Sie steigt dann in ihren blauen Sportwagen. Sie fährt ziellos durch die Straßen und schließlich auf die Autobahn. Eigentlich, so denkt sie, muss sie am nächsten Tag früh aufstehen. Und sie kann es sich nicht erlauben, unausgeschlafen bei den Dreharbeiten zu erscheinen. Dazu sind Rolle und Gehalt einfach zu groß. Doch sie wird in dieser Nacht so schnell kein Auge zutun.

Sie überlegt, einen Kollegen zu besuchen, der sich in den letzten Wochen sehr um sie bemüht hat. Dann denkt sie an ihren Mann und verwirft diese Idee. Plötzlich taucht in ihrem Rückspiegel ein heller Punkt auf und wird langsam größer. Sie wechselt die Spur, will den Motorradfahrer vorbeilassen. Doch der drosselt das Tempo und fährt eine ganze Weile neben der Frau her. Sie wird nervös, tritt auf die Bremse und lässt den Motorradfahrer vorbeiziehen. Als er außer Sichtweite ist, beschleunigt sie ihr Fahrzeug wieder.

Direkt nach der nächsten Kurve kommt ihr das Licht entgegengeschossen. Sie versucht auszuweichen, doch der Motorradfahrer reagiert blitzschnell auf ihr Manöver. Als er über ihre Motorhaube fliegt, erkennt sie noch, dass er keinen Helm mehr trägt. Sie verliert die Kontrolle über ihr Fahrzeug, schlingert zwischen der Leitplanke hin und her, kommt aber noch auf der Fahrbahn zum Stehen. Der Wagen, der kurz darauf von hinten in ihr Auto kracht, fährt in dieser Nacht ebenfalls mit der höchstmöglichen Geschwindigkeit. Die Frau ist sofort tot.

15.

Meine Frau hat nie einen blauen Sportwagen gefahren. Trotzdem dachte ich beim Lesen der Geschichte die ganze Zeit an sie. Ich trank meinen Tee aus, lehnte mich zurück und versuchte mich wieder den Kriminalgeschichten zuzuwenden. Doch ich konnte mich nicht mehr recht konzentrieren. In mir entstand der Gedanke, dass mir etwas über meine Frau erzählt worden war, etwas, das in dieser Nacht geschah, oder womöglich in nicht mehr allzu ferner Zukunft geschehen würde.

Ich blätterte an den Anfang der letzten Geschichte zurück. Die Hauptfigur hatte einen kranken Mann zu Hause, der ihr keine Hilfe sein konnte. Aber ich war ja nicht zu Hause. Und war ich denn wirklich krank oder nur erschöpft und auf dem besten Weg der Erholung?

Mit einer schnellen Bewegung warf ich das Buch durch den Raum. Die Blätter flatterten nur kurz, bevor das Buch gegen den Schrank knallte und zu Boden fiel. Ich rieb mir die Schläfen. Ich ging in die Küche und machte mir noch einen Tee. Ich konzentrierte mich auf meinen Atem, wie ich es auf einem dieser Seminare gelernt hatte, die in letzter Zeit von unserer Firmenleitung angeboten worden waren. Ich stellte das Buch ins Regal und griff noch einmal nach dem Abenteuerroman, doch ich konnte mich nicht mehr konzentrieren.

Meine Gedanken kehrten immer wieder zu dieser absurden Geschichte zurück und zu meiner Frau, um die ich mir nun, auch wenn ich es nicht so recht wahrhaben wollte, Sorgen machte. Ein Tränenfluss setzte ein, der aber bald wieder versiegte. Mein Blick ging zum Fernseher. Gerne hätte ich mich durch schnell wechselnde, grell-bunte Bilder, Musik, hektische Gesprächsfetzen ablenken lassen. Doch jetzt hier im Dunkeln waren die Erinnerungen an alles, was ich bisher auf diesem Fernsehschirm gesehen hatte, zu stark. Ich schaltete stattdessen das Radio an, doch kein Laut drang aus den Boxen. Zunächst ging ich davon aus, dass vielleicht die Kopfhörer angeschlossen waren. Nachdem ich mir den Verstärker genau angesehen hatte, konnte ich diese Möglichkeit ausschließen. Ich wechselte den Sender, doch noch immer kein Empfang. Ich probierte noch einige andere Frequenzen, aber es erklang überall nur dieselbe merkwürdige Stille.

Ich drehte den Lautstärkeregler auf maximale Leistung. Jetzt waren schwache Geräusche zu hören, wie aus weiter Entfernung. Ein Ast schlug auf den Boden. Irgendwo schrie eine Eule. Ein Gebüsch raschelte, als ob ein kleines Nagetier oder vielleicht ein Rehkitz hindurchliefe. Es waren Waldgeräusche. Ich schluckte trocken und drückte auf den Knopf, der die Stromversorgung für die ganze Anlage regelte, aber dieser war eingerastet. Ich drehte den Lautstärkeregler nach unten, doch noch immer waren die wenigen Geräusche, die der nächtliche Wald hergab, in derselben Lautstärke zu hören. Eine ganze Weile stand ich wohl nur kraftlos vor der Anlage, starrte auf die Knöpfe, machte mir selbst vor, nach einer Lösung für einen Defekt zu suchen. Defekt. Konnte man bei einem Radio, welches auf allen Sendern Waldgeräusche hören ließ, von einem Defekt sprechen?

Ich probierte noch einmal alle Knöpfe aus, doch das änderte nichts. Ich zerrte die Anlage aus dem Schrank heraus und warf sie mit aller Kraft, der ich in diesem schwachen Moment fähig war, zu Boden. Der Krach, den das auf dem Teppichboden aufschlagende Gehäuse verursachte, erschreckte mich kurz. Plastikteilchen splitterten durch den Raum. Das Kassettendeck rutschte von den übrigen Teilen der Anlage herunter und kratzte über die Auslegware. In der darauf folgenden Stille konnte ich deutlich das Flattern eines Vogels hören. Die Kabel, die zum Verstärker führten, waren alle abgerissen. Der Verstärker war weder mit dem Radio noch dem Kassettendeck oder den Boxen verbunden. Letztere standen nach wie vor auf dem Schrank und beschallten den Raum mit dieser, unter anderen Umständen wahrscheinlich wunderbar beruhigenden, Waldatmosphäre.

Ich sank neben der zertrümmerten Anlage in die Knie und betrachtete die zerbrochenen Einzelteile. Ich schaute hoch zu den Lautsprechern, die mich quälten. Ich dachte nicht einmal mehr darüber nach, auf den Schrank zu klettern, um die Boxen, wie zuvor die Anlage, herunter zu reißen und zu demolieren. Die Hoffnung, auf diesem Weg endlich wieder Ruhe zu bekommen, hatte ich aufgegeben. Diese Geräusche würden nicht verschwinden, beschädigte oder zerstörte ich die vermeintliche Quelle.

Sowohl das elektrische Summen, das von den Lautsprechern zu kommen schien, als auch die gesammelten

Waldimpressionen, die ich hörte, konnten am Ende doch nur aus meinem eigenen Kopf kommen. Ich hatte Waldgeräusche in meinem Kopf. Und? Waren die Geräusche unangenehm? Schon des Öfteren hatte ich von Menschen gehört oder gelesen, die Stimmen hören, die ihnen Mordaufträge zuflüstern oder sie auffordern, sich selbst zu verletzen. War ich da mit meinen Waldgeräuschen nicht ganz gut dran? Ich stellte die Anlage zurück an ihren Platz, sammelte die größten Plastiksplitter ein und brachte sie in die Küche. Ich konnte die Geräusche und das Summen auch hier hören, aber doch viel leiser. Dass mein Gehirn in der Lage war, diese Zuordnung der Geräusche zu den Boxen so exakt zu simulieren, verblüffte mich. Ich überlegte, die Lautsprecher in den Wald zu tragen, wo die Geräusche ja sicher niemanden stören würden. Doch dann beschloss ich, um in diesem Haus nicht noch mehr Schaden anzurichten, einfach zu Bett zu gehen. Morgen früh, wenn ich wieder frisch und munter war, würde ich diese Geräusche vermutlich gar nicht mehr hören.

Ich kehrte ins Wohnzimmer zurück und löschte das Licht. In diesem Moment hörte ich im Hintergrund ein leises Dröhnen. Ich blieb wie angewurzelt stehen. Das Dröhnen wurde allmählich lauter. Ein Motorrad fuhr durch den nächtlichen Wald.

16.

Nachdem das Dröhnen des Motors weiter angeschwollen war und nun die sanften Waldgeräusche übertönte, veränderte sich plötzlich der Rhythmus. Die Maschine schien zu holpern, bremste immer wieder ab, als fahre sie eine kurvenreiche Straße entlang. Dann hörte ich, wie der Motor im Leerlauf arbeitete und schließlich ganz verstummte. Kurz darauf waren Schritte zu hören.

Ich rannte durch das Haus und löschte überall das Licht. Überzeugt, dass jeden Augenblick ein Fremder das Haus betreten würde, versteckte ich mich hinter dem Sofa, eine Entscheidung, die ich kurz darauf bereute, als mir der Gedanke kam, dass der Eindringling vermutlich hierher ins Wohnzimmer kommen würde, um durch die Bodenluke Zugang zu den Kellergewölben zu bekommen. Ich überlegte, ob ich mir vielleicht noch einen anderen Platz im Haus suchen sollte, doch die Vorstellung, dass die Haustür sich öffnen würde, in dem Moment, da ich durch das dunkle Haus irrte, jagte mir eine derartige Angst ein, dass ich von diesem Vorhaben Abstand nahm. Auch wenn der Eindringling hierher kommen würde, um nach der Bodenluke zu suchen, musste er mich hier hinter dem Sofa doch nicht unbedingt entdecken.

Was mochte sich wohl in dem Kellergewölbe dort unten abspielen, fragte ich mich, während ich hinter dem Sofa lag und auf die Dinge wartete, die sich als nächstes ereignen würden. Meine Phantasie arbeitete auf Hochtouren und produzierte eine Menge absurder Bilder. Doch diese Bilder kamen und gingen und keines davon hatte Bestand. Zu verworren waren die Ideen, die ich über die Vorgänge im Keller dieses Hauses hatte, als dass ich eine von ihnen von einer bloßen Idee zu einer Vermutung hätte befördern wollen.

Es dauerte einige Minuten, bis ich merkte, dass alle Geräusche verschwunden waren. Es war vollkommen still. Und alles, was es an unnatürlichen Ereignissen in den letzten Minuten und Tagen in meiner Wahrnehmung gegeben hatte, verblasste in Sekundenschnelle zu einer fast albernen Erinnerung. Wie war es möglich, dass mir diese Geräusche in der einen Sekunde so bedrohlich erschienen und mich dazu bringen konnten, mich hinter Möbeln oder auf Wäschetrocknern zu verstecken, und mir dann in der nächsten wieder harmlos, geradezu unwirklich vorkamen?

Diese merkwürdige Kurzgeschichte, die Geräusche des Waldes und des näher kommenden Motorrades erschienen mir nun fast so unreal, wie die ominösen Videobänder oder die Eindringlinge der ersten Nacht mir am nächsten Morgen vorgekommen waren. Hier unten, auf dem Boden sitzend, ängstlich darauf bedacht, jedes Geräusch, das ich durch eine unbedachte Bewegung oder einen zu tiefen Atemzug machen konnte, zu vermeiden, beschloss ich, mich gleich am nächsten Tag in ärztliche Behandlung zu begeben. Doch vielleicht würde ja derjenige, der ich morgen früh sein würde, all diese Erlebnisse wieder wie einen Traum behandeln und ignorieren, welche Ängste ich in diesem Augenblick litt. Ich musste mir eine Nachricht hinterlassen, um mich an den Zustand tief empfundener Angst zu erinnern, in den ich durch diese Wahnvorstellungen gelangte. Ich musste von dem Menschen, der ich morgen früh sein würde, die Bereitschaft einfordern, sich behandeln zu lassen. Um keinen Preis wollte ich noch einmal eine solche Nacht erleben.

Ich lauschte weiter in die Dunkelheit hinein. Nach weiteren Minuten der Stille erhob ich mich, wollte zur Tür gehen, Licht anmachen, einen Zettel holen und die Notiz in möglichst drastischen Worten formulieren. Doch bevor ich noch den Lichtschalter erreichte, steckte jemand einen Schlüssel ins Schloss.

Es vergingen einige Sekunden, bis der Schlüssel umgedreht wurde. Ohne allzu große Eile kehrte ich zu meinem Versteck zurück. Ich war zu erschöpft, fast schon gleichgültig mir selbst gegenüber. Was sollte mir der geheimnisvolle Motorradfahrer schon antun, wenn er mich hier fände. Das Schlimmste hatte ich doch hinter mir. Sollte er mich erschießen, oder von mir aus erhängen. Ich wollte mich nur nicht mehr fürchten müssen. Dennoch zog ich die Beine eng an die Brust und machte mich so klein wie möglich. Bis morgen früh musste ich durchhalten, sagte ich mir. Dann würde ich für immer von hier verschwinden und alle Albträume hinter mir zurücklassen.

Im Flur ging das Licht an. Ich hörte Schritte, leicht und federnd. Das Licht im Wohnzimmer ging an. Der Fernseher wurde eingeschaltet und das Flimmern des Gerätes tauchte den Raum in ein unwirkliches Licht. Ich beugte mich ein wenig vor. Auf einem Stuhl, keine zwei Meter vor dem Monitor, saß ein Mädchen mit schwarzen Locken und sah fern. Es war eben jener Zeichentrickfilm, den ich auf den Videos vor zwei Tagen ohne Ton gesehen hatte, nachdem die anderen, so grauenvollen Bilder, verschwunden waren.

Eine Weile betrachtete ich sie nur. Das Mädchen, vielleicht fünf oder sechs Jahre alt, schien mit sich und der Welt zufrieden. Ich beruhigte mich etwas. Ungefähr in der Mitte der zweiten Folge hatte ich mich soweit in der Gewalt, dass ich in der Lage war, mich zu ihr zu setzen und ihr ein wenig auf den Zahn zu fühlen.

17.

Ich setzte mich im 90-Grad-Winkel zwischen sie und den Fernseher, um ihr nicht die Sicht zu versperren. Sie würdigte mich keines Blickes. Sie schien ein intelligentes, aufgewecktes Mädchen zu sein. Eine Zeitlang sah ich sie an, darum bemüht, in ihr nur eine Ausgeburt meiner Phantasie zu sehen. Wie sollte sie denn um diese Zeit hier zu mir herauf gekommen sein? Ich wollte sie ansprechen. Aber nach allem, was ich hier oben erlebt hatte, war ich zutiefst verunsichert, ja ich fühlte mich von diesen absurden Vorkommnissen bedroht und brauchte einige Minuten, um meine Angst in den Griff zu bekommen.

„Wer bist du?“, fragte ich sie.

Sie reagierte nicht, sah nur weiter zum Fernseher, lachte hier und da und legte den Kopf schief. Ich wiederholte meine Frage. Wieder keine Reaktion. So seltsam es klingen mag, ich fühlte mich in diesem Augenblick ein wenig sicherer. Ich hatte Angst gehabt vor ihrer Antwort. Ich hatte Angst gehabt vor einer weiteren Sonderbarkeit. Ihr Schweigen war auch sonderbar, ja. Und doch: Ich war froh, nicht ihre Stimme hören zu müssen. Saß sie wirklich dort auf diesem Stuhl? Ganz langsam streckte ich meine Hand nach ihr aus. Ihr Haar war kräftig und erinnerte mich an die Mähne eines Pferdes. Ihre Haut fühlte sich kühl an. Auch auf meine Berührungen reagierte sie nicht. Es war, als berührte ich eine andere Welt. So wie die Sterne am Nachthimmel keine Notiz davon nehmen, dass ich sie ansehe, so nahm sie keine Notiz von meinen Berührungen.

Ich beschloss zu Bett zu gehen. Hier unten konnte ich nichts weiter ausrichten und ich würde meine Kräfte am nächsten Tag brauchen. Ich schleppte mich ins Schlafzimmer im Obergeschoss und schloss die Tür hinter mir. Als ich in die Kissen sank, fürchtete ich kurz, mir könnten nun vielleicht weitere Albträume bevorstehen. Doch eine Wahl hatte ich ja nicht und mich lockte die Vorstellung von tiefem, erholsamem, traumlosem Schlaf.

18.

Ich kann nicht sagen, was es für Geräusche waren, die mich aus dem Schlaf gerissen haben. Ich erinnere mich nur, dass ich aufwachte, direkt in diesen angespannten Zustand hinein, in dem man im Dunkeln liegt und lauscht. Ich konnte die Hand vor Augen nicht sehen, und auch zu hören war, jetzt, da ich wach war, nichts.

Ich stand auf, ging zum Fenster und zog die Jalousie einige Zentimeter nach oben. Zu meiner Enttäuschung lag dahinter noch die schwärzeste Nacht. Es war auf keinen Fall später als halb drei. Um diese Zeit würde ich auf keinen Fall das Haus verlassen. Wer weiß, was mein Geist an Phantasiegebilden erschaffen würde, wenn ich in diesem Zustand durch den dunkeln Wald spazierte.

Ich schloss die Jalousie wieder und legte mich zurück ins Bett. Die Nachttischlampe löschte ich nicht. Eine Weile lag ich nur erschöpft in meinem Bett und grübelte über meinen Zustand. Wie hatte es soweit kommen können, dass sich mein Verstand von einem Tag auf den anderen derart verwirrt hatte. Ich suchte in meiner Erinnerung nach Anzeichen für kleinere Sinnestäuschungen. Vielleicht hatte ich im Hotel einmal einem Angestellten einen nicht existierenden Geldschein als Trinkgeld gegeben oder ein Papier unterschrieben, das nicht vorhanden war. Ich rief mir die Gesichter der Menschen in Erinnerung, denen ich in den letzten Wochen begegnet war und suchte nach Anzeichen von Verwirrung angesichts meiner, für sie nicht nachvollziehbaren, Handlungen, doch ich wurde nicht fündig. Ich sank wieder tiefer in mein Kissen, in dem Wunsch, noch einmal einzuschlafen und erst am helllichten Tage wieder aufzuwachen.

19.

Ich war zu diesem Zeitpunkt wieder so sehr Herr meiner Sinne, dass ich die Schmerzensschreie, die aus dem unteren Geschoss zu mir nach oben drangen, als Erscheinung meines kranken Verstandes erkennen konnte. Das änderte allerdings nichts daran, welchen Eindruck sie auf mich machten. Es war die Stimme einer jungen Frau. Und in ihren Schreien klang nicht nur körperlicher Schmerz mit, sondern auch Angst und Verzweiflung. Ich konnte gar nicht anders, als sie mir umgeben von sadistischen Folterern vorzustellen.

Ich hielt mir die Ohren zu, und dies brachte mir kurzzeitig Erleichterung. Doch ich musste ja mit aller Kraft meine Hände gegen die Ohren pressen, um diese Laute nicht mehr hören zu müssen, und irgendwann taten mir die Hände weh und die Müdigkeit tat ihr Übriges. Ich ließ meine Arme auf die Matratze sinken und hörte im nächsten Moment das grausame, brutale Lachen eines Mannes. Die Stimme der jungen Frau war nur noch als Schluchzen zu hören.

Was ging dort unten in dem Wohnzimmer vor sich? Ich konnte die Sache nicht auf sich beruhen lassen. Und wenn es das Letzte war, was ich tat. Ich musste dort unten nach dem Rechten sehen.

Ich stand auf, zog Hose und Hemd an und öffnete die Schlafzimmertür. Der Flur und die Treppe waren zu meiner Überraschung hell erleuchtet. Auf einem Stuhl vor der Kammer saß eine junge Frau, vielleicht 20 Jahre alt, und wurde von einem schmächtigen Mann mit roten Haaren und Sommersprossen geschminkt. Er schien mich aus dem Augenwinkel bemerkt zu haben, denn ohne aufzublicken sagte er plötzlich: „Wir sind dann so weit."

Ich sah ihn überrascht an. „Was?", brachte ich nur hervor. Jetzt drehte er mir kurz den Kopf zu, grinste und wiederholte denselben Satz noch einmal, diesmal sprach er aber langsamer und übertrieben deutlich. Er lachte kurz auf, bevor er sich wieder dem Gesicht der jungen Frau zuwandte.

Eine andere Frau kam die Treppe in eiligen Schritten herauf. Sie war Ende dreißig, trug Jeans, ein Headset und einen roten Rollkragenpullover. In der Hand hatte sie ein Klemmbrett, auf dem mehrere Blätter und ein Kugelschreiber befestigt waren.

„Kommst du?", fragte sie mich auf halber Treppe mit gehetzter Stimme. Sie wollte schon wieder hinunter gehen, hielt dann aber inne und sah mich prüfend an. „Alles okay bei dir?"

Ich schüttelte nur mit dem Kopf.

Unten im Wohnzimmer hörte ich, wie jemand Möbel verrückte. Die Schmerzensschreie, derentwegen ich überhaupt mein Schlafzimmer verlassen hatte, waren verstummt.

„Was hast du?“ Sie kam zwei Schritte auf mich zu. Derselbe Mann, der eben noch die Puderquaste in der Hand gehalten hatte, öffnete jetzt die Badezimmertür, führte die junge Frau zur Badewanne und schloss die Tür dann hinter sich. Es gelang mir noch, die Kamera, die im Bad aufgebaut war, zu sehen. Ich war unfähig mich zu rühren.

„Willst du dich setzen?“ Wieso in Gottes Namen hatte diese Frau so viel Mitgefühl mit mir? Überhaupt redete sie in einem Ton, als würden wir uns seit Jahren kennen. Ich kehrte ins Schlafzimmer zurück und schloss die Tür.

Was ging hier vor? Allem Anschein nach wurde in diesen Räumen ein Film gedreht. Und bei der Herstellung dieses Filmes hatte ich anscheinend eine gewichtige Rolle zu spielen. Wer war ich also? Ein Regisseur? Ein Produzent? Ich sammelte meine Gedanken. Ich war alleine in einem Haus im Schwarzwald. Ich war im Urlaub. Das ganze Szenario da draußen konnte nicht real sein. Aber es wirkte so unglaublich echt. Hatte ich hier eine Aufgabe zu erfüllen? Und war eine Wahnvorstellung, nämlich die, dass ich mich alleine in einem Haus im Schwarzwald befand, dabei, mich von der Erfüllung meiner Aufgabe abzubringen?

Meine Gedanken wurden immer wieder von Klopfen und wohlmeinenden Erkundigungen und Ermahnungen unterbrochen. Zwischendurch ertönte eine Männerstimme, die mit der Frau vor meiner Tür erörterte, was nun zu tun sei. Sie wollten die Tür nicht öffnen, weil es scheinbar eine feste Verabredung zwischen ihnen und mir gab, dass dieser Raum für alle anderen Tabu sei. Ich lachte kurz auf. Ich hatte schon darüber nachgedacht, warum sie mir, wenn doch an meiner Mitarbeit so viel hing, nicht folgten, und hatte mir selbst die Antwort gegeben. Weil sie nicht existierten und daher nicht in der Lage waren, die Tür zu öffnen. Wollten sie mich von ihrer Existenz überzeugen, so hatte ich weiter überlegt, müssten sie ihr Nichteindringen durch so etwas wie eine strickte Abmachung rechtfertigen, was sie nun also taten.

Ich ging zum Fenster und zog die Jalousien hoch. Es war immer noch dunkel, doch eine Dämmerung war nun wenigstens zu ahnen. Ich sah hinaus und erblickte einen halbwegs gepflegten Rasen, ein paar Sträucher, einen Swimmingpool und weiter hinten eine Straße, gerade breit genug für einen Kleinwagen. Ich ließ mich aufs Bett sinken. Draußen kündigte die Männerstimme an, jetzt mein Zimmer zu betreten, wenn ich nicht gleich einen Laut von mir gäbe, und sie so wissen lasse, dass es mir gut ginge.

„Ich komme gleich", rief ich. Von draußen hörte ich so etwas wie „Na siehst du, geht doch", von dem Mann, den ich noch nie gesehen hatte. Zu dem Rothaarigen konnte die Stimme nicht gehören, dessen war ich mir sicher.

Wir drehten hier also einen Film. Wie konnte ich mich unter diesen Umständen richtig verhalten? Ich war ja schon längst bereit, ärztliche Hilfe in Anspruch zu nehmen. Aber wem sollte ich mich anvertrauen? Die Leute, die mich jetzt umgaben, schienen mich zu kennen, und doch konnte ich mich nicht an sie erinnern. Wem von ihnen konnte ich vertrauen? Ich musste an Lydia denken. Sie war die einzige, die mir in dieser Situation helfen konnte. Sie musste doch wissen, wer ich war.

Während ich fieberhaft darüber nachdachte, wie ich mich nun verhalten sollte, wurde draußen beratschlagt, was zu tun sei. Zu den beiden Stimmen hatte sich eine weitere männliche Stimme hinzugesellt. Sie klang jünger und irgendwie schmaler und ich ordnete sie in Gedanken dem Rothaarigen zu.

Ich überlegte: Wenn diese Leute da draußen nicht real sind, war es ganz egal, ob ich ihren Aufforderungen folgte oder nicht. Ich konnte die Position einnehmen, die sie mir zuwiesen und versuchen, in ihr zu bestehen. War diese Situation dort draußen aber Wirklichkeit, konnte ich mich in erhebliche Schwierigkeiten bringen, wenn ich diese Realität ignorierte. Dieser Gedanke brachte mich etwas zur Ruhe.

Ich strich meine Kleider glatt und verließ das Schlafzimmer. Vor meinem Zimmer stand noch immer die Frau mit dem Headset, die wohl so etwas wie meine Assistentin zu sein schien. Neben ihr sah ich einen muskulösen Mann mit Schnauzbart und den kleinen Rothaarigen, dem - wie ich richtig vermutet hatte - die dritte Stimme gehörte. Die drei sahen mich erwartungsvoll an.

Ich nickte ihnen zu und murmelte etwas wie „Los geht's". Erleichterung schien sich bei den dreien breit zu machen. Der Rotschopf verschwand gleich darauf im Bad. Ich folgte meiner Assistentin ins Wohnzimmer. Dort war der Tisch zur Seite geschoben und die darunter liegende Bodenluke geöffnet worden. Eine Treppe führte in einen schmalen rechteckigen Raum, der zu zwei Drittel mit einer Tischplatte ausgefüllt war, auf der mehrere Monitore standen, davor zwei Bürosessel. Meine Assistentin, oder wer immer sie auch war, ließ mir den Vortritt.

Ich nahm zielstrebig auf einem der Sessel Platz. Sie setzte sich neben mich, drehte an einigen Knöpfen, sprach dann ein paar Zahlen in ihr Mikrofon, woraufhin sie eine sehr humorvolle Antwort bekommen haben musste, da sie plötzlich unkontrolliert zu kichern begann. Der Schnauzbart betrat den Raum und setzte sich auf einen kleinen dreibeinigen Hocker, der in der hinteren Ecke stand. Als sich meine Kollegin wieder beruhigt hatte, warf sie mir einen freundschaftlichen Blick zu.

„Kann es losgehen?"

Ich nickte.

20.

Was habe ich in diesem Moment erwartet zu sehen? Habe ich etwas erwartet? Obwohl ich es heute kaum begreifen kann, lautet die Antwort wohl nein. Ich war so sehr damit beschäftigt zu begreifen, was überhaupt vor sich ging, und mir zu überlegen, wer die Leute um mich herum, die so völlig aus dem Nichts erschienen waren, sind, dass ich nicht die Zeit hatte, mir über das Projekt, um das es hier gehen mochte, Gedanken zu machen.

Nachdem ich nun das Startzeichen gegeben hatte, tauchte die junge Frau, die ich eben noch im oberen Stock gesehen hatte, auf den Monitoren auf. Sie lächelte, lachte, flirtete mit dem Kameramann. Dann veränderte sich ihre Miene, sie wurde ernst, ängstlich, und ich hatte den Eindruck, sie könne sich nicht mehr bewegen. Ich wurde unruhig auf meinem Stuhl. Sie begann zu weinen. Ich beobachtete die Frau, die neben mir saß. Sie drehte von Zeit zu Zeit an dem einen oder anderen Regler, im Übrigen blickte sie konzentriert und teilnahmslos auf den Bildschirm vor sich.

Als die Spitze des Messers auf dem Bildschirm auftauchte, drehte ich mich nach dem Schnauzbärtigen um. Der hatte sich inzwischen eine Hand in die Hose geschoben und schien zu onanieren. Durch die Kopfhörer der Frau neben mir konnte ich jetzt die Stimme des Mädchens hören. Sie weinte, jammerte und flehte um ihr Leben. Mein Atem raste. Ich überlegte, was ich tun sollte. Mir blieben vielleicht noch zwei Minuten, bis die Klinge den Hals der jungen Frau erreichte.

Geschah hier ein Mord? Aber es wurde doch ein Film gedreht, und was wusste ich denn von den Möglichkeiten, solche Bilder mit Hilfe von Tricks und Effekten zu erschaffen? Ich konnte, verhielt ich mich jetzt falsch, meine Existenz aufs Spiel setzen. Ich redete mir ein, dass es sich hier unmöglich um die Tötung eines Menschen handeln konnte, die wir hier aufzeichneten, und versuchte auf diese Weise, mich zu beruhigen. Doch je näher das Messer ihrer Haut kam, je lauter ihr Schluchzen wurde, umso nervöser wurde ich.

Die Klinge war nur noch wenige Millimeter von ihrem Hals entfernt, als ich aufsprang und nach oben lief. Hinter mir hörte ich Rufe und der Schnauzbärtige versuchte, mich festzuhalten. Als ich die Stufen zum Wohnzimmer hoch ging, hörte ich hinter mir die Stimme meiner Assistentin. „Wir brechen ab“, war alles, was sie sagte.

Ich rannte weiter zum Badezimmer, um das Schlimmste zu verhindern. Als ich oben ankam und die Badezimmertür aufriss, saß die junge Frau entspannt auf dem Badewannenrand. Der Sommersprossige rauchte eine Zigarette und warf mir einen verächtlichen Blick zu. Was sie falsch gemacht habe, wollte die junge Frau von mir wissen, und ob ich nicht zufrieden mit ihr sei. Ich sah sie irritiert an und versicherte ihr, dass der Abbruch ganz und gar nichts mit ihr zu tun habe.

Meine Assistentin tauchte hinter mir auf zusammen mit dem schnauzbärtigen Kollegen. Es herrschte Krisenstimmung. Ich schien alles verdorben zu haben. Aus den folgenden Verhandlungen der vier konnte ich entnehmen, dass die Zeit, die wir hatten, um das Projekt abzuschließen, begrenzt war, und dass wir auf Grund meines Eingreifens vor erheblichen organisatorischen Problemen standen.

Ich konnte den einzelnen Argumenten nicht folgen, doch kristallisierte sich im Laufe des Gesprächs heraus, dass wir das Projekt nur noch zu einem glücklichen Ende bringen konnten, wenn ich selbst zur Klinge griff. Ich sah die anderen entsetzt an. Ich beschloss so zu tun, als habe ich sie nicht verstanden, ja so, als ob sie gar nicht da waren, was ich tatsächlich noch immer für möglich hielt.

Meine Assistentin verschwand dann mit dem Schnauzbärtigen in der Besenkammer. Ich blieb mit der jungen Frau und dem Kameramann zurück, die betreten zu Boden starrten. Durch die Lamellentür konnte ich einzelne Wortfetzen aufschnappen. Offenbar war ich für die gesamte Unternehmung zu einem größeren Problem geworden, als ich mir vorstellen konnte, denn es war auch die Rede von der Einweisung in eine psychiatrische Klinik. Dass meine Kollegen diesen Schritt in Erwägung zogen, versetzte mich in Panik.

Als die beiden zurückkehrten, fragten sie mich bemüht freundlich, ob ich nun bereit sei, meinen Teil zur erfolgreichen Beendigung des Projekts beizutragen. Ich bejahte. Der Kameramann montierte die Klinge vom Stativ und drückte sie mir in die Hand. Die Frau mit dem Headset und der Schnauzbärtige verschwanden wieder in Richtung Wohnzimmer. Dann machte der Rotschopf die Badezimmertür zu und schaltete seine Kamera ein. Ich stand etwas unschlüssig herum, bis plötzlich aus einem unsichtbaren Lautsprecher die Stimme der Frau aus dem Kellergeschoss erklang, die uns mitteilte, dass es nun losgehen könne. Ich ging mit dem Messer auf die junge Frau zu. Die brach sogleich in Tränen aus. Ich hob das Messer an ihre Kehle und sie flehte mich an, sie zu verschonen. Sie schluchzte, konnte kaum noch atmen, und mich packte das Entsetzen. Ich konnte hier unmöglich weitermachen. Ich sah zum Kameramann, der kurz hervorguckte, mir aufmunternd zunickte und dann wieder hinter der Kamera verschwand. Ich presste die Klinge nun fest gegen ihren Hals. Sie wollte sich abwenden, wurde aber von einer für mich unsichtbaren Fessel daran gehindert. Ich drückte die Klinge immer fester gegen ihren Hals. Auch mir liefen Tränen über die Wangen. Ich wollte sie um Verzeihung bitten, brachte aber keinen Ton heraus, in der Angst, ich könnte dem Projekt noch einmal gravierenden Schaden zufügen. Schließlich gab ihre Haut dem Druck nach und Blut begann zu fließen. Erst war es nur ein dünnes Rinnsal. Ich erschreckte mich und nahm sofort etwas Druck von der Klinge. Doch dann erinnerte ich mich an das Gespräch hinter der Lamellentür und die Möglichkeit, ich könnte in eine Klinik gebracht werden. Also drückte ich die Klinge diesmal mit aller Kraft gegen ihren Hals und begann sie leicht hin und her zu bewegen. Schnell wurde der Schnitt tiefer. Als ich ihre Halsschlagader traf, spritzte mir das Blut ins Gesicht. Doch das war noch nicht das Schlimmste. Ich musste der jungen Frau auch die Luftröhre durchgeschnitten haben, denn ihre Versuche zu atmen verursachten nun gurgelnde Geräusche. Roter Schaum quoll aus ihrem Mund.

Ich hörte die Worte „Und Schnitt“. Es war vorbei. Der Kameramann signalisierte mit nach oben gestreckten Daumen, dass er mit meiner Arbeit zufrieden war. Ich spülte mir den Mund aus. Dann sah ich zu meinem Opfer. Sie schien noch schwach bei Bewusstsein. Sie jammerte noch ein wenig, bevor ihre Augen starr wurden und sie ganz in sich zusammensackte. Die Assistentin kam ins Badezimmer gestürzt.

„Bist du wahnsinnig?“, fuhr sie mich an. Hinter ihr betrat der Schnauzbart das Bad und kümmerte sich sofort um die blutüberströmte Frau. Er suchte ihren Puls. Dann sah er auf und schüttelte schwach den Kopf. Er schloss der jungen Frau die Augen.

„Was geht hier vor?“, schrie ich voller Verzweiflung. „Ich will wissen, was das alles soll.“

Die Frau, die ich für meine Assistentin hielt, sah mich mit kaltem Blick an. „Du hast sie umgebracht.“

21.

Ich wachte am nächsten Morgen in meinem Bett auf, erschöpft und zerschlagen. Eine ganze Weile rührte ich mich gar nicht. Die Jalousien ließen nicht den kleinsten Lichtstrahl durch, so dass ich keinen Anhaltspunkt hatte, welche Tageszeit es sein konnte. Wie spät mochte es gewesen sein, als ich mich ins Schlafzimmer geschleppt hatte. Ich war vermutlich in den frühen Morgenstunden zu Bett gegangen, wenn mir nicht manches, was ich in der vergangenen Nacht erlebt hatte, im Traum widerfahren war. Ich war nicht mehr dazu gekommen, mir einen Notizzettel zu schreiben, der mich daran erinnern sollte, wie schrecklich

ich mich gefühlt hatte, als ich im Wohnzimmer hinter der Couch kauerte. Ich erinnerte mich lebhaft an die junge Frau, die ich angeblich umgebracht hatte, an den Kameramann, an die Frau mit dem Headset und an die Monitore im Kellergewölbe. Die Verzweiflung, die ich empfunden hatte, als man mich des Mordes bezichtigte, war mir noch absolut gegenwärtig.

Meine geschäftlichen Angelegenheiten, die ich in einigen Tagen wieder aufzunehmen geplant hatte, waren für mich in eine Ferne gerückt, wie ich es mir bis zu diesem Zeitpunkt nicht hätte vorstellen können. Seit dem letzten Vertragsabschluss waren gerade drei Tage vergangen und ich konnte mich kaum noch an Einzelheiten der Verhandlungen erinnern. Zu sehr vereinnahmten mich die Grübeleien über meine albtraumhaften Visionen, über meinen verschwundenen Autoschlüssel, die Bilder auf dem Fernsehschirm und über die Geräusche aus den Lautsprechern.

Ich entdeckte das getrocknete Blut an meinen Händen, als ich die Bettdecke aufschlug. Ich erstarrte in der Bewegung und glotzte wie schwachsinnig auf die roten verkrusteten Ränder.

Ich erinnerte mich an das nächtliche Blutbad. Ich war danach in mein Zimmer getaumelt, hatte mich auf das Bett fallen lassen, in der sicheren Annahme, dass in wenigen Minuten jemand kommen und mich abholen würde. Ich hatte mir die Klinik ausgemalt, in die man mich bringen würde, und den Prozess, der nun wohl vor mir lag. Und über diesen Vorstellungen war ich schließlich eingeschlafen.

Niemand war gekommen und jetzt war ich mir sicher, dass dies auch nicht geschehen würde. Es hatte keinen

Mord in diesem Haus gegeben. Ich war ja allein hier draußen. Hier draußen? Ich musste an den nächtlichen Blick aus meinem Fenster denken, als ich plötzlich statt des Nadelwaldes eine schmale Straße gesehen hatte.

Ich zog die Jalousien im Schlafzimmer hoch. Nach dem Sonnenstand zu urteilen, musste es gegen Mittag sein. Ein wolkenloser Himmel überragte den dichten Nadelwald, der sich nur wenige Meter vom Haus entfernt erstreckte. Wieder Erleichterung. Ich hatte mir ein Stück Realität zurückerobert. Ich befand mich noch immer in diesem Haus im Schwarzwald, in dem ich nun seit drei Tagen Urlaub machte. Und natürlich befand ich mich alleine in diesem Haus.

22.

Nach den Lichtverhältnissen, ja, nach der ganzen Atmosphäre zu schließen, konnte es nicht weit nach Mittag sein. Ich hatte den Tag also nicht komplett verschlafen und mir blieb genug Zeit für das einzige große Projekt, das jetzt vor mir lag. Ich musste fort von hier. Das alleine würde sich schwierig genug gestalten. Ich hatte keinen Autoschlüssel mehr. Ich musste meine Frau erreichen. Sie musste kommen und mich abholen.

Mit der Absicht zu duschen, trottete ich zum Badezimmer. An der Tür hing ein Zettel, auf dem mit Kugelschreiber in einer Kinderschrift die Worte standen: „Nicht betreten. Hier liegen die Köpfe!“ Ich kann nicht behaupten, dass mich diese Mitteilung sonderlich mitnahm. Ich fand mich damit ab, dass ich das Bad an diesem Morgen nicht benutzen konnte. Natürlich lagen dort keine Köpfe.

Wessen Köpfe hätten es auch sein sollen? Aber wenn ich mir einen solchen Zettel einbilden konnte, konnte ich mir ohne weiteres auch den dazugehörigen Anblick im Badezimmer einbilden, und auf einen Versuch wollte ich es an diesem Morgen nicht ankommen lassen.

Auf dem Weg zur Küche entdeckte ich an der einen oder anderen Stelle Blutlachen auf dem Teppich. Der Küchenfußboden war verschmiert. Ich wusch mir Gesicht und Hände und trocknete mich mit dem Geschirrhandtuch ab. Tatsächlich war es mir gelungen, einen Teil der Flecken von meinen Händen zu kratzen.

Ich nahm aus meiner Tasche ein frisches Hemd. Ich wollte mich so normal wie möglich verhalten. Die Arme meiner Frau erschienen mir in dieser Situation wie das rettende Ufer. Wenn sie da war, konnte ich zusammenbrechen. Sie würde sich um mich kümmern, mich nicht in die erstbeste Klinik geben. Ich musste verhindern, zu einem akuten Notfall zu werden, bevor sie überhaupt erfuhr, was mit mir los war.

Ich zog meinen Mantel an und machte mich auf den Weg. Als ich über die Wiese losgehen wollte, hörte ich ein Auto die Serpentinen heraufkommen. Zwischen den Bäumen erkannte ich den Wagen meines Vermieters. Ich dachte an den Zettel, der an der Badezimmertür klebte, und an die zertrümmerte Stereoanlage. Gut, daran war ja nichts mehr zu ändern. Ich konnte sie auf die Schnelle kaum reparieren. Aber hing an der Badezimmertür wirklich dieser Zettel? Es war ja möglich, dass ich diesen Zettel dorthin gehängt hatte. Am Vorabend hatte ich mir vorgenommen, mir eine Botschaft zu schreiben. Vielleicht hatte ich genau dies getan. Ich kehrte ins Haus zurück, nahm den Zettel und steckte ihn in die Hosentasche.

Der Wagen meines Vermieters kam vor dem Haus zum Stehen. Ich ging die Treppe hinunter. Es klopfte an der Tür. Ich warf noch einen Blick ins Wohnzimmer. Dort standen die Möbel in einem ziemlichen Durcheinander. Das zerbeulte Gehäuse der Stereoanlage zeugte von den Ereignissen der letzten Nacht.

Es klopfte erneut an der Tür. Ich öffnete und der Alte streckte mir mit verkniffenem Gesichtsausdruck die Hand entgegen. Ich begrüßte ihn und trat zu ihm hinaus, bemüht, möglichst entspannt zu wirken. Ich teilte ihm mit, ich habe mich gerade auf den Weg zu ihm machen wollen. Er fragte mich, ob ich mich wieder besser fühle. Ich bejahte und ging die Stufen von der Veranda zur Wiese hinunter. Er blieb noch einen Moment unschlüssig vor der Tür stehen, folgte mir aber, als er merkte, dass ich nicht die Absicht hatte, noch einmal ins Haus zurückzukehren.
Mir schien fast, als hege er einen Verdacht gegen mich. Aber dieser war jedenfalls nicht konkret genug, als dass er deswegen Zutritt zu dem Haus verlangt hätte, in dem ich zu diesem Zeitpunkt ja noch wohnte.

Ich lief zweimal vor seinem Auto auf und ab und wartete auf das Angebot, mich mitzunehmen. Als er schließlich von der Veranda herunterkam, sprach ich ihn aus lauter Verlegenheit auf den wundervollen blauen Himmel an, bekam aber keine Antwort. Er öffnete die Fahrertür und nickte mir wortlos zu. Ich fasste seine Geste als Einladung auf und stieg auf der anderen Seite in den Wagen.

Auf der Fahrt wechselten wir kein Wort. Was war mit ihm los, wo er doch bisher die Freundlichkeit selbst gewesen war? Ich habe eine Erklärung gefunden, die mir allerdings so wie die meisten Geschichten, die ich zu meinen Erinnerungen konstruiere, nicht besonders behagt. Vielleicht war ich bereits mehrere Tage in diesem schlechten Zustand gewesen und hatte viel länger, als ich annahm, phantasierend im Bett gelegen. Der Alte hatte mich in diesem Zustand angetroffen und beschlossen, ab und zu ein Auge auf mich zu werfen. Sicher hatte er mit dem Gedanken gespielt, einen Arzt zu rufen. Er war gerade wieder auf einem seiner Routinebesuche gewesen, als ich ihn bat, mich mit in den Ort zu nehmen. Da er sich inzwischen nicht mehr sicher sein konnte, dass ich in meinem Wahn nicht auch für andere eine Gefahr darstellte, fürchtete er nun um sein Leben und seine Gesundheit. Vielleicht war dies der Grund, dass er auf der ganzen Fahrt so kurz angebunden war. Er beobachtete mich aus dem Augenwinkel, um bei einer verdächtigen Bewegung meinerseits so schnell wie möglich anhalten und aus dem Auto springen zu können.

23.

Der Alte parkte seinen Wagen direkt vor dem Haus. Er hatte den Motor noch nicht ausgemacht, als uns schon seine Frau entgegenkam. Hinter ihr lief ein kleines schwarzhaariges Mädchen. Ich sah sie zunächst nur aus dem Augenwinkel. Ich versuchte mich ganz auf den Alten und seine Frau zu konzentrieren. Als ich aus dem Wagen stieg, stand das Mädchen direkt vor der Frau, und ich konnte nicht mehr vermeiden sie anzusehen.

Es war das Mädchen vom Vorabend, ohne jede Frage. Die Frau des Vermieters tätschelte ihr den Kopf. Ich begrüßte sie, ohne die Kleine zu beachten, in der Annahme, das Mädchen sei wiederum nur das Produkt meiner Einbildungskraft. Zu meinem Entsetzen stellte mir die Alte die Kleine jedoch als ihre Enkelin vor. Ich blickte abwechselnd den Alten und seine Frau an. Beide warteten offenbar darauf, dass ich ihre Enkelin begrüßte. Ich warf ihr ein knappes „Hallo" hin. Sie grinste mich frech an und lief dann zurück ins Haus. Die Großeltern lachten.

Ich fürchtete, mein Körper sei zu keiner Bewegung mehr fähig. Doch als der Alte nach meinem Unterarm wie nach dem einer gebrechlichen Person griff, machte ich zu meiner Überraschung einen Schritt. Ich streifte seine Hand ab und ging alleine. Ich lenkte meine gesamte Konzentration auf den jeweils nächsten Schritt. So verblasste das Auftauchen des Mädchens fast hinter der Anstrengung.

Ich sehnte mich nach einem Platz, wo ich ungestört meine Gedanken untersuchen konnte. Hatte ich dieses Mädchen wirklich hier gesehen? War sie wirklich da gewesen? Die Großeltern hatten sie mir vorgestellt. Und? Ich konnte mir beides ja eingebildet haben. Es kam mir vor, als ob dieses Mädchen, das sich so lange in meinem Hinterkopf versteckt gehalten hatte, sich nicht mehr damit zufrieden gab, mich mit ihrem Auftauchen zu verwirren. Nein, sie wollte mehr. Sie wollte die ganze Welt in ein bizarres, unwirkliches Licht tauchen. Ich sollte an allem zweifeln. Wenn das Ehepaar, das mich jetzt die Stufen zu ihrem Haus hinauf begleitete, behauptete, das Mädchen zu sehen, ja, mit ihm verwandt zu sein, konnte das doch schließlich nur bedeuten, dass die beiden selbst nur meiner Einbildung entsprungen waren. Aber dann konnte ich mich auf nichts mehr verlassen.

Ich betrat den Flur und das Mädchen ließ ihren Ball vor meine Füße trudeln. Ich unterdrückte den Impuls, ihr den Ball mit einem festen Tritt gegen den Kopf zu schießen. Der Alte kam hinter mir herein und sah mich reglos dastehen. Er zeigte auf das Telefon. Dann bückte er sich, hob den Ball hoch, legte ihn auf den Schrank und forderte seine Enkelin auf, den Herren – dabei zeigte er auf mich – nicht zu belästigen, da dieser sich nicht wohl fühle. Also doch. Die beiden wussten schon längst von meinem Zustand. Andererseits, was heißt schon, sich nicht wohl fühlen?

„Telefonieren Sie ruhig", ermunterte mich der Alte. Ich stellte mich an das Board, auf dem das Telefon stand, griff nach dem Hörer und hielt ihn mir ans Ohr. Die beiden folgten mir mit ihren Blicken. Ich sah sie abwechselnd an. Eine peinliche Stille entstand. Ich hielt die Spannung aus, bis sie schließlich gemeinsam ins Wohnzimmer gingen.

Ich stand im Flur, hielt mir den Hörer ans Ohr und versuchte, Klarheit in meine Gedanken zu bringen. Wie konnte ich Beweise dafür finden, was Wirklichkeit war und was meiner Einbildung entsprang? Dieses Mädchen. Sie hatte die Grenze überschritten, und ich dachte darüber nach, wie ich sie zurückdrängen konnte. Scheinbar erfand mein krankes Gehirn nicht mehr einfach nur Dinge, es vermischte sie auch mit dem tatsächlich Vorhandenen. Das Ehepaar war ohne Zweifel da. Ich konnte mich ja erinnern, sie am Vortag getroffen zu haben. Sie saßen in ihrem Wohnzimmer und warteten darauf, dass ich meine Frau anrief. Doch sie hatten mir ihre Enkelin vorgestellt, ihr den Ball weggenommen und ihr über das Haar gestrichen. Und dies alles hatten sie nicht in der Wirklichkeit getan, da das Mädchen ja nicht existieren konnte. Wie sollte es denn gestern Abend zu mir nach oben auf den Berg gekommen sein? Ich spürte eine Unruhe im Wohnzimmer entstehen.

Ich wählte unsere Telefonnummer. Dreimal erklang das Freizeichen, dann hörte ich ein Knacken und meine Stimme, die mir mitteilte, dass wir im Augenblick nicht ans Telefon gehen könnten. Was sollte ich Lydia für eine Nachricht hinterlassen? Kurz bevor der Pfeifton erklang, legte ich auf. Ich zog mein Notizheft aus der Innentasche meines Anoraks. Ich fand die Nummer, die mir Lydia für Notfälle gegeben hatte. Nach dem zweiten Klingelton hatte ich die Sekretärin des Produktionsleiters am Apparat. Lydia stand gerade vor der Kamera. Ich bat sie um einen Rückruf, ohne das Wort Notfall in den Mund zu nehmen. Ich wollte meine Gastgeber nicht nervöser machen, als sie es ohnehin schon waren. Und Lydia wusste ja, dass ich sie am Set niemals ohne triftigen Grund anrufen würde. Wenn sie die Nachricht bekäme, würde ihr die Dringlichkeit meiner Situation klar sein. Ich drückte auf die Gabel, hielt mir den Hörer aber weiter ans Ohr. Gleich musste ich mich ins Wohnzimmer begeben und meinen Gastgebern erklären, dass ich auf einen Rückruf warte und sie bitten, mich für diese Zeit noch in ihrer Wohnung aufhalten zu dürfen.

Die Kleine tauchte wieder neben mir auf. „Ich kann dich sehen", sagte sie freundlich. Ich sah zu ihr hinab. Sie lachte ein unschuldiges Kinderlachen. Tränen liefen mir über die Wangen. Die Kleine rannte erschrocken zu ihren Großeltern. Die würden nun gleich zu mir kommen und mich in diesem desolaten Zustand vorfinden. Ich konnte es nicht ändern. Ich blieb wie angewurzelt stehen.

Die Alte kam auf mich zu und führte mich mit der Bemerkung, dass doch alles in Ordnung sei, ins Wohnzimmer zurück. Sie schob mich auf einen Stuhl und drückte mir ein Glas Wasser in die Hand. Ich ließ alles willenlos mit mir geschehen. Als sie nach dem Telefonat fragte, antwortete ich wahrheitsgemäß, ich rechnete mit einem Rückruf innerhalb der nächsten Stunde. Die Alte blieb stehen und tätschelte in regelmäßigen Abständen meine Schulter.

Ich fühlte mich geschwächt von den Verwirrungen der letzten Tage, doch mein Verstand arbeitete gegen meinen Willen weiter und entwickelte sogleich eine neue Theorie darüber, wie alles zusammenhing. Dieses Mädchen existierte. Vielleicht hatte ich sie bei meinem letzten Besuch hier im Wohnzimmer auf einem Foto gesehen und konnte sie deshalb in meine Albtraumvisionen einbauen. Oder aber, und dieser Gedanke ängstigte mich furchtbar, ich hatte diese Albtraumvisionen nie erlebt. Vielleicht konnte ich mich ja erst jetzt an diese Ereignisse erinnern. Vielleicht hatte mein Gehirn nicht die Erscheinung selbst, sondern nur die Erinnerung an diese erfunden. Das würde erklären, wieso in dieser Erinnerung ein Mädchen vorkam, das ich erst vor wenigen Minuten kennen gelernt hatte.

Ich stellte mich zum ersten Mal der Möglichkeit, dass am Ende dieses Prozesses, in dem ich mich befand, meine vollständige Vernichtung stehen konnte. Was war denn noch von mir übrig, wenn es in der Welt da draußen nichts gab, worauf ich mich verlassen konnte? Wie viel Prozent meiner Erinnerung waren erfunden? Hatte ich eine Frau? Hatte ich vielleicht sogar Kinder? War ich der Mensch, der ich glaubte zu sein?

24.

Endlich klingelte das Telefon. Der Alte schlurfte in den Flur. Ich hörte, wie er sich meldete. Er beugte sich um die Ecke und sah mich an. „Ihre Frau", sagte er. Ich sah ihn nur an. Er wiederholte seine Worte, sprach etwas langsamer und deutlicher. Mir liefen wieder Tränen über die Wangen. Er wechselte einen Blick mit seiner Frau. Dann schloss er die Tür hinter sich. Panik überkam mich. Was hatte ich getan? Meine letzte Verbindung zur Außenwelt würde abreißen, wenn ich mich nicht meiner Frau anvertraute. Ich brauchte sie, wie noch nie zuvor in meinem Leben. Was würden die beiden nun wohl besprechen? Welche Maßnahmen wollten sie ergreifen? In welche Klinik würden sie mich bringen? Würde ich Lydia jemals wieder sehen? Oder bildete ich mir die Erinnerung an sie auch nur ein? Ich konnte mich genau an ihr Haar erinnern, an ihre Stimme, die weich und gleichzeitig kraftvoll sein konnte. Ich konnte mich daran erinnern, wie sie mich angrinste, in den unpassendsten Momenten, wenn ein Streit zwischen uns zu eskalieren drohte, oder wir mit einem geplatzten Reifen auf der Landstraße standen. Ich konnte mich an so viele Details erinnern und war mir doch nicht mehr sicher, ob ich mich auf diese Erinnerungen verlassen konnte.

Aber hatte ich denn eine Wahl? Ich brauchte sie. Sonst hatte ich ja niemanden. Ich raffte mich auf, wollte in den Flur hinausgehen, zeigen, dass ich noch Herr meiner Sinne war und auf meine Geschicke Einfluss nehmen wollte und konnte. Meine Beine fühlten sich schwach an. Einen Moment stand ich nur da. Meine Gastgeberin redete mit beruhigender Stimme auf mich ein, bis ich schließlich wieder Platz nahm. Es war zu spät. Ich war verloren. Innerhalb von wenigen Tagen war mein Leben zusammengebrochen. Und ich konnte mich nicht mehr retten. Bei diesem Gedanken kam ich zum ersten Mal wieder ganz zur Ruhe. Es gab nichts, was ich noch zu tun hatte. Ich musste nichts mehr für meine Rettung unternehmen. Was auch immer nun mit mir geschah, ich würde es nicht mehr ändern können.

Während ich dasaß und auf die Entscheidungen wartete, die andere nun für mich fällen mussten, erinnerte ich mich an die Geschichte, die ich am Abend zuvor gelesen hatte. Jetzt, da ich dies schreibe, kann ich mich ganz genau daran erinnern, wie ich dort im Wohnzimmer saß - und mich erinnerte. Ich erinnerte mich an die Beschreibung der Frau, eine Schauspielerin, die mich unwillkürlich an Lydia denken ließ. Ich erinnerte mich an die Beschreibung des Motorradfahrers und die Beschreibung des Unfalls. Und ich erinnerte mich an das merkwürdige Gefühl der Verlorenheit, als mir der Gedanke gekommen war, dass eben jener Unfall in Kürze geschehen würde. Und eben jener Gedanke, dass diese Geschichte eine Prophezeiung über mein weiteres Leben enthielt, kehrte nun mit Macht zurück. Vielleicht war ich in einem Traum der Vergangenheit gefangen, der die Zukunft schon kannte. Ich berührte den Stuhl, auf dem ich saß, und den Tisch vor mir. Ich beugte mich hinunter, um den Teppich mit meiner Hand zu streicheln. Alles wirkte so echt.

Und dennoch beruhigte mich die Vorstellung ein wenig, dass ich vielleicht aus diesem Traum aufwachen konnte. Und noch etwas beruhigte mich. Mir kam der Gedanke, dass der prophezeite Unfall ja wahrscheinlich gar nicht geschehen würde, wenn ich nicht zu meiner Frau zurückkehrte. Dieser Gedanke versetzte mich in eine geradezu optimistische Stimmung. Das Leben meiner Frau würde weitergehen, wenn ich meines aufgab. Sie würde mich in der Klinik besuchen und bald begreifen, dass ich mich nicht mehr erholen konnte von all dem, was mir in den letzten Tagen widerfahren war. Bald würde sie sich auf die Affäre mit ihrem Kollegen einlassen, und wenn ihre Mutter schließlich verstarb, würde sie nicht in der Nacht mit ihrem Wagen über die Autobahn rauschen, sondern geradewegs in seine tröstenden Arme fahren. Ich empfand eine wundervolle Ruhe bei dem Gedanken und nahm mir vor, alles, was mir noch geschehen sollte, mit Gelassenheit zu ertragen, in der Gewissheit, dass meine Frau weiterleben würde.

Der Alte kehrte schließlich zurück und redete auf mich ein. Ich nickte ein paar Mal, ohne ihm wirklich folgen zu können. Dann reichte er mir meine Jacke. Er half mir beim Anziehen. Wir gingen zur Tür. Nun würden sie mich also in eine Klinik bringen. Kein Wunder, dass sie so lange geredet hatten. Es war sicher nicht einfach, die richtige Anlaufstelle für solche Notfälle zu finden. Ich fügte mich in mein Schicksal. Es war wohl das Beste.

25.

Der Alte hielt am Bahnhof und stieg aus. Er ging ums Auto herum und öffnete die Beifahrertür. Ich sah ihn überrascht an, zögerte und öffnete meinen Gurt erst, als er mich aufforderte, ihn zu begleiten.

Wir gingen schweigend in das Bahnhofsgebäude. Er fasste mich am Oberarm, wie ich es früher bei meiner Großmutter getan hatte, wenn ich sie aus dem Heim abholte, um mit ihr spazieren zu gehen. Der Alte ging zur Kasse und wechselte ein paar Worte mit der Dame am Schalter, ohne mich allerdings aus den Augen zu lassen. Auf dem Bahnsteig drückte er mir einen Zettel in die Hand, auf dem mehrere Uhrzeiten standen sowie ein Ortsname. Dort müsse ich umsteigen, erklärte er mir.

Ich empfand tiefe Erleichterung. Ich hätte ihn umarmen wollen. Dieser Mann, so dachte ich in diesem Augenblick, rettet mich. Er rettet mich vor der Psychiatrie, vor Psychopharmaka und Elektroschockbehandlung. Ich schüttelte ihm die Hand, bedankte mich und stieg in den Zug.

Als ich endlich einen freien Fensterplatz gefunden hatte, wollte ich dem Alten noch einmal zuwinken, doch der war schon nicht mehr zu sehen. Der Zug fuhr an und ich ließ mich schwer in den Sitz sinken. Ich schloss die Augen. Jetzt war ich ganz allein. Ich war auf dem Weg zu meiner Frau, fast gerettet.

Dann kam mir der Gedanke, ich könne einschlafen und im Traum einer dieser unheimlichen Figuren der letzten Tage begegnen. Nein, dies durfte jetzt auf keinen Fall geschehen. Ich musste einen klaren Kopf behalten. Ich erhob mich und lief im Zug auf und ab. Ich öffnete ein Fenster und streckte den Kopf hinaus. Der Fahrtwind ließ mich frösteln und vertrieb die Müdigkeit. Ich schloss das Fenster wieder und nahm Platz auf einem der ungemütlichen Klappsitze im Gang. Hier würde ich unmöglich einschlafen können.

Während ich dort auf dem Gang saß, erinnerte ich mich an einzelne Ereignisse der vergangenen Tage. Doch angesichts der vorüberziehenden Landschaft und der Aussicht, in die Arme meiner Frau zu sinken, verblassten diese Erinnerungen zusehends. Aber ich durfte mich nicht einem trügerischen Gefühl von Sicherheit hingeben. Wieder kam mir der Gedanke, mir eine Notiz zu hinterlassen. In meiner Jackentasche fand ich den Zettel, den ich von der Badezimmertür abgenommen hatte. Ich teilte das Papier in zwei Teile. Das beschriebene Stück warf ich zerknüllt aus dem Fenster. Dann lieh ich mir beim Schaffner einen Stift und notierte auf dem restlichen Papier die Worte: „Ich brauche Hilfe." Als der Kontrolleur verschwunden war, starrte ich minutenlang auf das Papier. War es real? Ich konnte den Zettel doch in meiner Hand fühlen. Aber wann hatte ich diesen Zettel denn an die Badezimmertür gehängt? Das konnte doch nur ich gewesen sein. Und hatte ich ihn wirklich mit dieser sonderbaren Notiz dorthin gehängt? Ich ärgerte mich darüber, die zweite Hälfte aus dem Fenster geworfen zu haben. Ich würde nie erfahren, ob die sonderbaren Worte tatsächlich darauf gestanden hatten. Doch ob es das Papier überhaupt gab, und ob ich mit einem Stift etwas darauf notiert hatte, würde ich herausfinden. Ich würde es meiner Frau geben. Wenn sie etwas darauf lesen konnte, musste es doch existieren. Wenn es nur so einfach wäre. Woher soll ich denn wissen, dass es meine Frau gibt? Nein, so konnte ich nicht denken. Alles war doch dabei, wieder klarer zu werden. Natürlich gab es meine Frau. Ich konnte mich an 15 Jahre Ehe erinnern, an Streit, Versöhnung, Flitterwochen. Keine Frage, dass ich verheiratet war. Auch meinen Vermieter hatte es gegeben, denn er hatte doch mit meiner Frau gesprochen und mich dann dankenswerterweise in den Zug gesetzt. Die Dinge waren ja gar nicht so kompliziert. Alles wurde immer klarer.

Als ich in den Zug umstieg, der mich in meine Heimatstadt bringen sollte, kam beinahe ein Hochgefühl auf. Eine glückliche Zukunft schien wieder möglich. Weit und breit geschah nichts Merkwürdiges, nichts, das unerklärlich war. Wieder kam mir die Geschichte in den Sinn, die ich gelesen hatte. Anzunehmen, dass diese Geschichte tatsächlich eine Prophezeiung für unser beider Leben enthielt, war natürlich lächerlich, und dass ich mich von diesem Glauben nicht freimachen konnte, bestärkte mich in der Sorge um meine geistige Gesundheit.

Mir kam der Gedanke, dass eine glückliche Wendung vonnöten war, wenn sich die Prophezeiung nicht erfüllen sollte. Der Unfall konnte nicht geschehen, wenn Lydia jemanden hatte, bei dem sie sich anlehnen konnte. In der Geschichte war ihr Mann krank gewesen. Würde ich also schnell gesund, so konnte sich die Geschichte nicht ereignen.

So war ich auch auf der Bahnfahrt nach Hause hin- und hergerissen zwischen Hoffen und Bangen. Es war herrliches Wetter. Ein paar Wolken wanderten wie kleine Wattefetzen über den blauen Himmel. Die Wiesen zogen in sattem Grün vorbei. Immer wieder tauchten Kuhherden auf, abwechselnd mit kleinen Wäldern und verschlafenen Ortschaften. Ich hatte das Gefühl, mit jedem grünen Fleck, den ich zu sehen bekam, meiner geistigen Gesundheit näher zu kommen. Als der Zug hielt, fühlte ich mich ein wenig gestärkt und war voller Hoffnung.

26.

Ich konnte Lydia bereits durch die Fenster sehen, während sich die Türen des Zuges öffneten. Ich stieg aus und ging auf sie zu. Als sie mich entdeckte, schien es, als wolle sie auf mich zulaufen, doch die Entfernung war zu gering, und so machte sie nur einen kurzen Satz und schloss mich in ihre Arme. Wir verharrten in unserer Umarmung und ich genoss es, ihre Nähe zu spüren. Dann lehnte sie sich, ohne die Umarmung ganz aufzulösen, zurück und betrachtete mich prüfend. Was hatte sie bereits erfahren? Ich zog sie auf eine der Eisenbänke, die in regelmäßigem Abstand auf dem Bahnsteig standen.

Ich sah sie an. Ihr Anblick beruhigte mich so, dass ich glaubte, zu meiner geistigen Gesundheit gar nichts anderes zu benötigen. Schließlich fragte Lydia, was geschehen sei. Ich reichte ihr den Zettel, den ich im Zug geschrieben hatte.

„Weißt du, was da steht?“, fragte ich sie. Sie wirkte verwirrt und schaute hinunter auf ihre Hände.

„Kannst du das lesen?“, setzte ich nach.

Sie sah mich schweigend an und strich mir durchs Haar.

Ich wandte meinen Blick ab und versuchte mich zu fassen: Den Zettel gab es nicht. Ich hatte ihr ein Nichts hingehalten und sie hatte es, um mich nicht zu deprimieren, entgegengenommen, hatte es betrachtet und sollte jetzt auch noch sagen, was sie auf diesem Nichts lesen konnte.

„Was steht da geschrieben?“, fragte ich sie ein letztes Mal und sah zur Bahnhofsdecke. Ich wollte sie nicht ansehen, musste ihr doch in diesem Augenblick klar werden, wie es um mich stand.

„Was ist passiert?“, fragte sie leise.

Was sollte ich antworten? Wie konnte ich ihr das erklären? Ich beschloss, ihr nüchtern und sachlich zu schildern, was ich erlebt hatte, ohne auf der Richtigkeit meiner Wahrnehmung zu beharren.

„Ich habe furchtbare Dinge erlebt“, begann ich.

Sie sah mich nur an. Nichts in ihrer Miene verriet mir ihre Gedanken.

„Ich habe Dinge gesehen, die nicht existieren können“, fuhr ich fort. „Doch wenn sie da waren, erschienen sie mir so unglaublich real.“ Ich hätte ihr am liebsten alle Einzelheiten der vergangenen Tage geschildert, nur um mit diesen Bildern und Erfahrungen nicht mehr alleine sein zu müssen. Doch wie viel konnte ich ihr zumuten? Und wie konnte ich ihr meine Angst verständlich machen, wieder in einen Zustand zu geraten, in dem ich meine Einbildungen nicht mehr von der Wirklichkeit unterscheiden konnte?

Ich berichtete ihr die Ereignisse, wie ich sie in Erinnerung hatte, um einen nüchternen Ton bemüht. Mehrmals versicherte ich ihr, mir über meine Erkrankung im Klaren zu sein. Ich hatte wohl die Hoffnung, meine Krankheitseinsicht ließe für sie die Lage weniger verzweifelt erscheinen, und hielte sie davon ab, sich ganz von mir abzuwenden.

Nachdem ich meinen Bericht beendet hatte, ließ ich mich erschöpft auf die Bank zurücksinken. Lydia nahm mich fest in ihre Arme und sprach einige tröstende Worte, an die ich mich nicht im Einzelnen erinnern kann. Sie sagte wohl auch, dass sie zu mir halten wolle. Jedenfalls tat mir ihre Aufmerksamkeit und ihre Liebe gut und es schien mir, als ob die Realität sich noch etwas schärfer von den Phantasiegebilden der letzten Tage abgrenzte.

Ich kam auf meine Sachen zu sprechen, die ich im Haus zurückgelassen hatte und von meinem Wagen, der noch dort auf dem Hügel stand. Sie wischte diese Dinge mit der Bemerkung beiseite, sie würde sich in den nächsten Tagen darum kümmern, im Übrigen habe sie ja mit der Vermieterin gesprochen und werde die Einzelheiten mit ihr klären.

Ich sah sie prüfend an. „Du hast mit der Vermieterin gesprochen?", fragte ich sie. „Wann?"

„Du warst doch dabei", sagte sie. „Wir haben über deine Bahnfahrt gesprochen. Dabei haben wir auch über deine Sachen geredet. Kümmere dich nicht darum. Wir regeln das schon."

Wir standen auf. Sie nahm meinen Arm, als wolle sie mich führen. Ich schüttelte sie widerwillig ab. Ich konnte mich genau daran erinnern, dass der Alte am Telefon gewesen war.

Ich beschloss, dieser Sache keine Beachtung zu schenken. Ich war auch zu erschöpft, um über solch eine Kleinigkeit lange zu grübeln. Wir stiegen in ihren alten Kombi und sie fuhr mich nach Hause.

27.

Je näher wir unserem Zuhause kamen, umso wohler, ja geborgener fühlte ich mich. Die vertrauten Straßen wiederzusehen und zu erkennen, dass sie nicht nur ein Produkt meiner Einbildung waren, sondern tatsächlich existierten, gab mir ein Gefühl der Sicherheit.

Als wir in unsere Straße einbogen, stockte mir der Atem.

Lydia stellte den Motor ab und sah zu mir herüber. „Alles in Ordnung?"

Ich gab keine Antwort, starrte nur das Haus an, das in leuchtendem Weiß vor mir stand, mit dem Reetdach und der Veranda, die umzäunt war von einem mit Efeu bewachsenen Holzgeländer.

Wieso hatte ich mich der Hoffnung hingegeben, alles könne noch ein gutes Ende nehmen? Ich nahm nichts mehr wahr, außer den Tränen, die in meinen Augen brannten, und einem überwältigenden Gefühl von Schwäche. Ich würde hier sitzen bleiben, bis zum Ende meiner Tage. Dieses Haus würde ich nicht noch einmal betreten.

Die Tür neben mir öffnete sich und meine Frau griff nach meiner Hand.

„Nein", sagte ich und stieß ihre Hand weg. Den Gurt hatte ich noch nicht gelöst. Der leichte Druck, den er auf meiner Brust verursachte, war mir angenehm, so als würde er mich davor beschützen, dieses Haus noch einmal betreten zu müssen. Ich blieb einfach sitzen. Was auch immer mein Zuhause war – dieser Ort konnte es nicht sein. Und wenn er es tatsächlich einmal gewesen sein sollte, hasste ich ihn nun und wollte ihn um keinen Preis wieder betreten.

28.

Diese Ereignisse liegen nun, wenn mich mein Zeitgefühl nicht trügt, ungefähr zwei Monate zurück. Wie ich ins Schlafzimmer gekommen bin, weiß ich nicht mehr. Ich habe es seither nur noch verlassen, um auf die Toilette zu gehen oder um zu duschen. Letzteres tat ich nur auf ausdrücklichen Wunsch meiner Frau, da ich versuche, so selten wie möglich das Badezimmer aufzusuchen.

In den ersten Tagen wehrte ich mich dagegen, diesen Raum überhaupt zu betreten, und bat meine Frau, wenn ich zur Toilette musste, mit mir in den Garten zu gehen. Einmal brachte sie mich schließlich zu unseren Nachbarn. Danach weigerte sie sich aber, mir diese – für sie ja auch völlig unverständliche – Bitte zu erfüllen. Seither kosten mich meine Ausflüge zum Badezimmer meine ganze Kraft und Konzentration. Obwohl ich dort seit meiner Rückkehr nichts Sonderbares zu Gesicht bekommen habe, fürchte ich doch den Anblick jener Köpfe, vor die mich der Zettel an der Badezimmertür gewarnt hat. Ich bemühe mich, meine Augen geschlossen zu halten und alle Verrichtungen so schnell wie möglich hinter mich zu bringen. Auch die Erinnerungen an das Blutvergießen in jener Nacht werden hier wieder wach und es kostet mich immer einige Zeit, um mich – zurück in meinem Zimmer – wieder zu beruhigen.

Als ich wieder einmal derart erschöpft in mein Zimmer zurückgekehrt war, setzte sich meine Frau neben mich und strich mir über die Stirn. Ich hatte den Eindruck, dass sie sich nicht mehr sicher war, ob ich diese Zuwendung überhaupt wahrnahm.

Lydia, falls du noch lebst und dies eines Tages liest: Ich bin dir dankbar für all deine Mühen. Und deine Zärtlichkeit hat mir immer wohlgetan.

Vor einigen Wochen tauchte an meinem Krankenlager jene Frau auf, die in meiner Erinnerung mit dem Vermieter meines Feriendomizils verheiratet gewesen war. Sie saß oft bei mir, redete auf mich ein, kochte mir Mahlzeiten oder einen Tee, so ich danach verlangte.

Warum hatte sie die weite Reise auf sich genommen? Wir kannten uns doch gar nicht. Natürlich war sie nicht meine Vermieterin. Doch wer war sie dann? Vor kurzem geschah etwas, das diese Angelegenheit vielleicht erklärt.

Wieder hatte die Alte stundenlang neben meinem Bett gesessen und mir unter anderem aus einem Buch vorgelesen. Dann verließ sie mein Zimmer und ich hörte sie unten telefonieren. Als sie wiederkam, erklärte sie mir, sie habe mit Lydia telefoniert, die im Krankenhaus ihre Mutter besuchen wollte. Diese sei aber leider in der vergangenen Nacht verstorben. Ich wusste in diesem Moment, dass ich meine Frau nicht wiedersehen würde. Das musste nicht unbedingt bedeuten, dass sie tot war. Ich glaube nicht, dass dieser Unfall, der mir von dieser Geschichte vorhergesagt worden war, stattgefunden hat. Aber mein Gehirn wird wohl nach all dem auch in der Lage sein, die Realität entsprechend dieser Prophezeiung zu gestalten.

Und wer war nun diese Frau, die mich in den vergangenen Tagen gepflegt hat? In der Geschichte, die ich damals gelesen hatte, war der Mann in der Obhut des gemeinsamen Kindes zurückgelassen worden. So ist doch der Schluss durchaus logisch , dass es sich bei der Frau, die mich in den letzten Wochen pflegte, um meine Tochter handelt. Natürlich. Sie sieht aus, als sei sie zwanzig Jahre älter als ich. Aber dies ist doch nur die Erscheinung, die ich sehe.

Ich stellte mir die Frage, ob ich diese merkwürdige Geschichte überhaupt gelesen hatte. Und stand sie in Zusammenhang mit meinem Leben und dem meiner Frau? Immerhin war von einem blauen Sportwagen die Rede gewesen, den ich nie zu Gesicht bekommen hatte. Aber erinnerte ich mich richtig? Oder war in der Geschichte ein dunkler Kombi beschrieben worden, und mein Gehirn hatte dieses winzige Detail verändert, um mich vor der grausamen Wahrheit zu schützen?

Mir wurde klar, dass meine Krankheit eine neue Dimension erreicht hatte. Bislang hatte ich Wahrnehmungen angezweifelt, die der Realität, wie sie mir bis dahin erschienen war, widersprachen. Jetzt hatte ich begonnen, die Welt, die ich bisher kannte, in Frage zu stellen, wenn sie meinen Wahnvorstellungen widersprach.

Ich war endgültig in meinen Hirngespinsten gefangen. Von diesem Zeitpunkt an wusste ich nicht mehr, wo ich die vielen Fäden dieser Geschichte noch aufnehmen sollte. Seitdem liege ich hier in meinem Bett und warte, dass die Zeit vergeht.

29.

Ich bin am Ende meiner Aufzeichnungen angekommen. Ich wollte sie mit Abschiedsworten beschließen, doch ist in der vergangenen Nacht etwas geschehen, das mir dies leider unmöglich macht. Ich hoffe, dass jeder, der diese Geschichte lesen wird, versteht, dass ich diesem Dasein ein Ende bereiten muss. Es gibt für mich ja keine Welt mehr. Ich habe in den letzten Wochen Vorkehrungen getroffen, die mir helfen sollten, einen Ausweg aus diesem Albtraum zu finden. Als ich vor einigen Tagen mit der Niederschrift dieser Ereignisse begann, war ich überzeugt, es liege noch in meiner Macht, dieser Leidensgeschichte ein Ende zu setzen.

Es wird sicher keinen Leser wundern, dass ich verschiedenste Medikamente bekomme. Ich verstehe von all dem nichts, weiß nicht, wozu die gelben Pillen morgens und mittags und die grauen am Abend gut sein sollen. Ich bin mir aber sicher, dass es sich um starke Beruhigungsmittel oder Psychopharmaka handeln muss. Diese habe ich in den vergangenen Wochen nicht mehr eingenommen, sondern unter meiner Matratze versteckt.

Nachts, wenn Ruhe im Haus war, schlich ich mich ins Wohnzimmer, schob den Tisch beiseite und kletterte durch die Falltür hinab in den Keller. Dort verwahrte ich die Tabletten in einem kleinen Glas, das ich hinter einem losen Ziegelstein versteckte.

Als ich in der vergangenen Nacht nach unten gehen wollte, um dieses Glas mit seinem ganzen Inhalt aus dem Versteck zu holen, war die Falltür nicht mehr da. Ich habe den ganzen Boden abgesucht, aber ich kann den Griff, mit dem man die Luke nach oben zieht, nicht mehr finden.

Mein Leiden zu beenden liegt also nicht mehr in meiner Hand.

Nun hoffe ich auf einen Menschen, der genug Mitleid empfindet, um mich von meinem Martyrium zu erlösen. Ich weiß nicht, wie ich meine Sehnsucht nach dem Ende noch klarer herausstellen könnte. Ich hoffe und bete, dass jemand diese Geschichte liest, der noch genug Liebe in sich hat, um mir zu helfen, diesen Albtraum zu beenden. Ich bete um einen so menschlichen Leser und darum, dass es das Papier gibt, auf dem ich all dies niedergeschrieben habe.

Nach der Schauspielausbildung in Berlin erarbeitete sich **Carsten Benecke** die Grundlagen dramatischen Erzählens in freien Theatergruppen, und entwickelte Geschichten mit Hilfe von Improvisationen.

Er schreibt vor allem Theaterstücke, die im Per H. Lauke Verlag in Hamburg verlegt sind.